転生召喚士は弱いメンタルがいんです。

The reincarnated summoner is so nervous.

本田 紬

Honda Tsumugi

イラスト／白梅ナズナ

フランはここ数週間の俺の成長に感無量といった感じだ。
いままで駄目な御曹司でごめんよ、俺のせいじゃないけれど。

「俺の名はテツヤ＝ヒノモト。
ハルキ＝レイクサイドに
ちょっと聞きたいことがあるだけだ」

転生召喚士はメンタルが弱いんです。

The reincarnated summoner is so nervous.

INDEX

プロローグ

見渡す限りの海。本来であればそこには波しか存在を許されず、どの方角を見ても島すら見当たらない地点のはずであった。しかし、ワイバーンと呼ばれる飛行竜に乗っている彼が見下ろしているそこには海を埋め尽くさんばかりの大船団がいた。

エレメント魔人国《まじんこく》第二《だいに》混成《こんせい》魔人部隊《まじんぶたい》、通称「ニルヴァーナ軍《ぐん》」。

同盟国の諜報《ちょうほう》部員が命を賭けて摑《つか》んできた情報によると総勢四万の大軍勢である。船だけでも三百以上なのは間違いない。その一つ一つの船に多くの敵が乗っているのは明白だ。他にも大型の水棲《すいせい》の魔物の姿も認められる。あれらは全て敵に使役《しえき》されているのだろう。

この軍団だけでも我が国の総人口に匹敵するのではないかという数が生み出す威容と、それがまだその国の戦力の半分以下であるという前情報を併せると絶望しか湧き起こらない。

「とりあえず、戻ろう」

やっとの事で鞍《くら》の後ろに乗った同僚に声をかける。しかし、彼もまたこの大軍勢に気圧《けお》されてしまい、声にならない吐息をもらすのがやっとのようだ。自分たちは誇り高きレイクサイド召喚騎士団《しょうかんきしだん》ではなかったのか。

「ハルキ様なら、ハルキ様なら何とかしてくれる。これまでもそうだったじゃないか」

それは誰に向かって発した言葉だったのだろうか。

二人を乗せた竜が飛ぶ。今まで、竜に乗って飛ぶ事を楽しいと思った事はあれども、苦しいと思う事は今が初めてだった。まるで風が己の身を切り、寒さが自分の心を押し潰すようである。彼らの連絡を待っている仲間に何と言えば良いのだろうか。残ったなけなしの使命感は風に千切れていく。魔人の軍勢はいままで見たことのない規模で、予想をはるかに上回っていると、正直に言うべきなのだろうか。絶望が彼らを包む。しかし、自分たちの指導者への絶大なる信頼だけが彼らを正気に保たせる唯一のものだった。

自分たちの無力さを恨めしく思いながらも、絶望に押し潰されないのは彼がいるからだ。

対する我が軍の主力はこの地の領主ジンビー＝エル＝ライトが率いる約八千の兵である。戦力差は歴然であり、それが海岸線で敵を待ち受けている。彼は騎士団の同僚を陣地へと戻すと、一人本営の主が待つ場所へと向かった。

「情報通り、三百を超える大船団です。一つ一つの船に十分な人数が乗っているのが確認できました。少なくとも四万という数は間違いなさそうです」

精一杯のプライドで自我を保つ。この報告任務が終了する事で力が抜けてしまいそうだ。しかし、戦いはこれからであり部下の前で情けない姿を見せるわけにはいかない。何より、自身が尊敬する主の期待を裏切るなどとはもっての他だ。

「ご苦労だった。引き続き仕事が待っている。第五部隊に合流して待機していろ」

主《あるじ》の顔はいつもと同じである。むしろ自信に満《み》ち溢《あふ》れているかもしれない。何より、彼を疑う事なんてできるはずがない。今までの事を考えると当たり前だ。周囲の部隊長たちにも動揺が走っている様子はない。この場では自分だけが不安を感じているのではないか。


部隊の仲間が待機している陣地へと戻る。

「帰ったか。やっぱり情報通りだったのか?」

すぐに副隊長に捕まる。普段《ふだん》は絡むのがめんどくさい相手であるが、今は正直誰でもいい。沈黙に耐えきる自信はなかった。

「はい、四万です。あまりにも多い」

「そうか」

副隊長の顔が曇る事はない。

「四万ですよ? 勝てると思うんですか?」

正直、この質問は聞かない方が良かったかもしれない。返答によっては絶望を煽《あお》られるだけだから。しかし、彼の予想とは違い、副隊長は鼻で笑うとこう言った。

「五倍の戦力差だろ？　俺もお前も五人くらいならなんとでもなるじゃねえか。俺たちのノルマは一人で三十人ってところだな。べつにいけない数字だとは思わんが？」

あまりにも絶対的な自信。それだけの実績が我々にはあるはずだった。だが、今までとは規模が違う。そして我々の他の一般兵には敵の総数さえ知らされていない。

波が押し寄せる光景が、陽《ひ》の光が水面に反射する光景が、風が潮の臭《にお》いを運び、どこか寂しげな海が広がっているはずだった光景が敵で埋め尽くされる。

「こ、こんなのに勝てるのか？」

誰かが震える声で言った。口が滑ったのは一般兵だろうが、指揮を執る者からすると士気の低下に繋《つな》がる発言は止《や》めて欲しいだろう。逃げ出したくても、ここがやられたら人類は根絶やしにされる。少なくとも国を保つ事は無理だ。つまりは逃げるという選択肢すら与えられていない。それは皆が分かっている。だからここに集まったのだ。勝たなければ人類は終わりだ。他の大陸の祖先のように魔人族に蹂躙《じゅうりん》される。

「迎え撃てぇぇ!!」

領主の号令が響く一方で、ニルヴァーナ軍の上陸が開始される。圧倒的物量を背景に、数多《あまた》の船がそれに乗せた魔人たちを海岸線へと運んだ。多くの船が防衛軍の攻撃を受け沈没していく中で、更に多くの船がそれを乗り越えて上陸を敢行する。

海岸線には上陸したニルヴァーナ軍によって急造の陣地が形成され、そこを目指して次々に上陸を成功させる船が現れ始める。

圧倒的な戦力差、一人一人の魔力量の差、予備兵力の少なさ、そして戦局が劣勢に傾いていく。全てが絶望へとしか結びつかないはずのこの状況で、それでも防衛軍の兵士たちは希望を捨てずに与えられた役割をこなす事に全力を注ぐ。そして、その希望が今、飛び立とうとしていた。我々はその希望なのだ。

「さあ、行くッスよ」

軽い口調の部隊長に続いてワイバーンで飛び立つ。何度も繰り返してきた行動だ。今回も敵はなす術《すべ》なく滅ぶに決まっている。主が参戦した戦いで負けなどありえない。

「来たぞ！　レイクサイド召喚騎士団だ！」

目撃した誰かがたまらずに叫んだ。海岸線を護《まも》る防衛軍の後方より来る巨大な紅竜《こうりゅう》。その死の代名詞と言われるレッドドラゴンに跨《また》がる英雄。付き従うは二十頭を超えるワイバーンとそれに乗る召喚士たち。
人類は諦める事はない。いや、侵略者たちを生きて帰すつもりはない。彼がいる限り敗北を考える必要などない。

「紅竜」ハルキ＝レイクサイド。

後世の歴史家は語る。ヴァレンタイン王国軍《おうこくぐん》は総勢八千程度、対するエレメント魔人国第二混成魔人部隊、通称「ニルヴァーナ軍」は四万を超えていた。戦力的にはどうあがいても人類に勝ち目はない。そして将軍ニルヴァーナはこの戦場に来るまでに名将と称されるほどの戦略家であり、片腕として魔人国屈指の戦士「魔槍《まそう》」ジンを擁していた。彼らはハルキ＝レイクサイド以外に負けた事はない。ハルキ＝レイクサイド以外には、である。

そこはレイクサイドじゃなくて リバーサイドじゃないのか？

第一章

その日の昼前に医療用のＰＨＳが鳴った。表示されている番号はその相手が最優先である事を示している。俺は一呼吸おいてからＰＨＳの通話ボタンを押した。

「はい、川岸《かわぎし》です」

正直な話、今は仕事が立て込んでいて雑務を増やせる状態ではない。しかし、この相手にそれは通用しなかった。

「はい、すぐに伺います」

全ての仕事を投げ出して、指定された応接室へと向かう。大学病院勤務の外科医である俺には、正直こんな雑務をする暇があるわけがなかった。この数日間は家に帰っていない。三日前に妻が洗濯物を取りに来たのを最後に、家族と会話もしていなかった。やる事が多すぎる。そして溜《た》まった仕事は手術の予定がない本日中に片付けてしまわないと、明日の睡眠時間に響く。そんな中でも最優先にしなければならない呼び出し。そう、教授からの呼び出しである。

応接室に入るとそこには教授の他に二名の知らない男がいた。工学部の教授と講師の先生だと紹介される。何やら、実験のモニターとして優秀な人材が欲しいそうだ。時間は一時間あれば終わるとの事で、これから工学部棟まで行ってこいと教授の目が訴えている。

「分かりました。今からすぐでもいいですか？」

正直、こんな事をしている場合ではない。今日中に提出しなければならない書類が二枚と、午後からは外来業務が待っている。外来までにある程度の仕事を終わらせておく必要があった。

講師の先生に付いて工学部棟へと行く。

「研究の同意書の準備をしますから先にスキャンから始めましょう、川岸春樹《はるき》先生」

何故《なぜ》フルネームで呼ぶのか、という疑問があったが聞くわけがない。下らない事で時間を消費したくないのだ。指定された装置に横たわる。頭部のみをスキャンする装置らしいが、詳しい事は全く分からないし興味もない。

「では、始めますよ。目をつぶっておいて下さい」

俺は目を閉じた。そして、そこからの記憶は……ない。

＊＊＊

ハルキ＝レイクサイドはヴァレンタイン王国レイクサイド領の領主アラン＝レイクサイドの息子として生まれた。体の発育には問題がなかったが、教育に関しては非常に難しく、王都ヴァレンタインにある貴族院《きぞくいん》入学当初にいじめにあって以来不登校を続け、そのまま十六歳を迎えて成人してしまっている。そんな俺であるが、成人の儀を終えてから記憶がおかしい。いや、待って。俺は川岸春樹じゃなかったのか？　こんな落ちこぼれが俺な訳がないだろう。というよりもここは何なんだ？

ヴァレンタイン王国には大小様々な領地が存在する。王都ヴァレンタインにいる王から領地の支配を認められた領主がそれぞれの領地を治めているのだ。つまりは封建制度である。レイクサイド領もそんな領地の一つであり、ハルキ＝レイクサイドは次期領主として生きてきた。母は幼い頃に他界しており、兄弟はいない。

記憶を頼りに現状の把握に努めようと思う。だが、いくら思い出してもここはレイクサイド領であり、俺はハルキ＝レイクサイドだった。その一方で川岸春樹であった三十五年間の記憶もしっかりとある。曲がりなりにも医学部を出た川岸春樹からすると落ちこぼれた記憶なんて一度としてないために、ハルキ＝レイクサイドの事は大嫌いである。しかし、それが俺だというのだ。だいたい、川岸なんだからリバーサイドじゃないのか？
色々と分からん事は多いが、俺がハルキ＝レイクサイドであるならば問題がある。それも一つや二つではないはずだ。これを解消させていかねばならない。

「ヒルダ、聞いた？　ハルキ様がまた変な事を始めたみたいよ？」
「あら、今度は何のお遊びなのかしら」
「ノームを何匹もずーっと召喚し続けてるのよ！　夜中も続けてるから、私もこないだ廊下でばったり出会ったんだけど、びっくりしちゃった！　ほんと、気持ち悪いんだから！」

侍女たちの噂《うわさ》になろうが、俺にはノーム召喚をしなければならない事情があった。それは訓練である。領主の息子である俺が何故、訓練をしなければならないか？　その理由はこのレイクサイド領という領地にあった。

この世界には魔法が存在した。よくゲームとかでやってるお馴染《なじ》みのあれである。もちろん、その魔法の強さであるとか魔力の量なんかが評価されやすく、騎士団の全員が魔法を使う。魔力を測定する魔道具なんて物もあり、それだけで優劣が決まるわけではないが、魔力量は魔法にそのまま直結するために非常に重要である。魔法はだいたい六系統に分かれている。破壊、補助、回復、召喚、幻惑、特殊魔法である。魔道具を使えばそれらの強さを測ることができる。

「召喚魔法は人並……、その他はひどいな。特に破壊魔法と補助魔法なんて基準の十分の一しかない……」

その基準というのは成人男性のそれではなくて、貴族院入学時のものだ。つまりは小学生。いかん、これは駄目なやつだ。とりあえず、半日ほど落ち込んだ。

しかし落ち込んでばかりもいられない。まずは、知識の再取得だ。俺はフランを呼ぶことにした。フランは我がレイクサイド家の執事であり今まで教師でもあった人物だ。非常に教える事が上手《うま》いが、そのフランをもってしてもハルキは勉強が好きにはなれなかった。しかし、今の俺は違う。命の危機すら感じている。

「じいっ！　爺《じい》！」

「はい、なんでございましょうか？」

「爺、魔法の講義をしろ。まずは復習からだ。俺を全く魔法を知らない子供と思ってやるのだ」

彼の名前はフラン＝オーケストラ。彼は最強の執事であり、俺を救ってくれるはずの男だ。いきなり呼ばれたフランは驚愕《きょうがく》の表情である。

「坊っちゃま!?」

「坊っちゃまはよせ、俺はもう成人だ。資料室へ行くぞ。筆記具を用意しろ」

急に勉強をやる気になった俺を前にフランは感無量のようだ。まあ、今までのハルキとは違うのだよ。

「かしこまりました、爺が全身全霊をかけてお教えいたしましょう」

そこまで力を入れすぎるとうっかり寿命が来そうなので、まあ気楽にやってほしいものだが……。


「……才能はほぼないか」

笑える。どの魔法も上手くいかない。しかし、この程度で諦めるならば医学部受験などできなかったはずだ。そして俺は領主の息子であって冒険者ではない。ある程度の腕っぷしがあれば他は人を使い、人に指示すれば良いのだ。

「唯一、使えそうなのは召喚魔法のみか。それもレベルが低くてまだ使えたものではないが。爺、召喚魔法の最も初歩的なものは何だったか?」

「はい、ノーム召喚でございます」

「それなら貴族院の最初に習ったな。まずは召喚魔法を伸ばしていくとしよう。召喚魔法について簡単に説明してくれ」

フランの解説によると召喚魔法は異世界からの召喚獣を召喚し、眷属《けんぞく》とする魔法だ。召喚の際に消費する魔力と召喚状態を維持する魔力があるために他の系統と比べてあまり使い勝手の良くない魔法で、非常に人気がない。それに契約時に必ずと言っていいほど、貴重な「魔石《ませき》」が必要となる。魔石は一般人には手が出ないほど高額で取引されるために召喚契約に使うより売却を選ぶ者がほとんどだ。

「試しにノームを召喚してみるか。一応貴族院で召喚に必要な契約は済んでいるからそこは問題ないとして……」

召喚するノームをイメージして魔力をこめる。

「契約により我が前に現れたまえ！　ノーム」

二匹のノームが召喚できた。成功だ。魔力が流出する感じがする。

「俺を護衛しろ」

目的は護衛だ。声は聞こえないが承諾の意思が魔力を通して伝わってくる。

極微量の魔力がノームたちに流れ続けているのを感じながら、本日は魔法書を読んで知識を蓄えることとする。他にも多くの召喚獣を従える必要があるため、召喚契約の儀式に必要なものを集めなければならない。今日は早目に寝ることとしよう。ノームの護衛に守られながら、これからのレイクサイド領を考えているとあっという間に睡魔に襲われた。

翌朝、起きるとある事に気付いた。ノーム召喚が維持できているにも拘《かか》わらずあまり魔力的な疲労を感じていないのだ。

「じい、どういう事だろうか？　一晩中召喚していたのだからもっと魔力を使っていてもいいと思うのだが？」

「それは召喚魔法の上達と総魔力の上昇、それに自然回復を計算に入れてないからでございましょう」

フランの指摘に納得する。睡眠と総魔力の上昇の関係で思ったよりも魔力の回復量が上がっていたのだろう。確かに寝ても回復しないのではいつまでたっても次の魔法が使えない。

しかし、これは非常に効率の良い総魔力アップ方法なのではないか？　というよりもこんなに簡単に魔力は上がるものなのか？

「もちろん、総魔力の上昇は最初の頃はすぐですけど、上がるにつれて上がりにくくなってきます」

それはそうだろう。やはり早目に次の召喚獣を手に入れる必要がありそうだ。何故ハルキは貴族院でこれをしなかったのだろうか、理解に苦しむ。

俺はこの方法で次々とノーム召喚の数を増やし、魔力を上げていった。


我がレイクサイド領はこのヴァレンタイン王国における最も重要でない田舎領地の一つである。あるのはだだっ広い大自然のみであり、領民の数や町など他領地に比べると非常に物足りないものがある。父である領主アラン＝レイクサイドは平和主義が売りのどこにでもいそうな凡庸《ぼんよう》領主であり、我がレイクサイド領の特産物は特にない。領地経営は破綻寸前であり、騎士団の育成にも力を入れられないから治安も良くない。

成人した領主の一人息子として、この状況をなんとかしないといけないのであろうが、まずは自分を磨くことが必要であり、そして部下を育てなければ未来がない。川岸春樹だった自分が警鐘《けいしょう》を鳴らしまくっているのが分かる。


数週間後、ノームの数は十を超えるようになった。そろそろ護衛としては数が多すぎるな。これ以上の召喚は物理的にウザい。

「ハルキよ、これ以上ノームを召喚してはならんぞ」

アランがうるさい。お前のせいで俺が将来を不安に思っているのだという事を分かっているのか？　まあ、分かっていたら将来は不安にならないのだが。

「新しい召喚獣が欲しい」

フランはここ数週間の俺の成長に感無量といった感じだ。いままで駄目な御曹司《おんぞうし》でごめんよ、俺のせいじゃないけれど。

ものすごい勢いで魔力が上がっている。ただし、朝の時点で結構な魔力を消費しているのはノームの召喚をやりすぎているのではないだろうか。召喚数の調整は必要だ。

「今のうちに新たな眷属を手に入れたい。何かお薦めはあるか？」

「ノームは特別です。これだけ魔力が少なくてよい召喚獣はほとんどいません。次のおすすめはウンディーネでしょうか。水の精霊と言われており、何もないところから水を生成する能力を持ちます。他はサラマンダーです。火の精霊で火を吹くことのできるトカゲです」

召喚契約には火や氷属性の魔石があればなんとかなるとのことで、アランにお願いして保管庫の魔石を譲ってもらうことにした。魔石は非常に高価である。長年生きてきた魔物の体内にまれに発生するのだ。アランも最初は渋っていたが、なんとか説得に成功した。

まずはウンディーネからだ。ノームとは一段階違う存在とはいっても初級召喚獣であることには変わりない。氷の魔石に契約の羊皮紙を用意して呪文を唱える。

「我契約を望むもの也《なり》、我が魔力にて現れたまえ。ウンディーネ」

氷の魔石を置いた羊皮紙の上にウンディーネが姿を現す。大きさはノームよりは少し大きい。この程度の召喚獣は言葉が喋《しゃべ》れない。こちらの要望を承諾するかどうかとなる。契約内容はノームと同じで、召喚と維持の魔力と引き換えに「ウンディーネができる範囲の事柄」だ。これを提示するとウンディーネはコクリと頷《うなず》いた。契約成立である。お互いの魔力によって羊皮紙に契約内容が映し出され、ウンディーネと共に消えた。魔石の質が悪すぎて契約を拒否されたことも過去にはあったらしいが、なんとか成功だ。つづいてサラマンダーも同じく成功させた。

新たな眷属を仲間に入れて、護衛の数はぐっと減った。ウンディーネとサラマンダーを一体ずつ召喚すると魔力が足りないために、夜は還《かえ》して寝ることもあった。しかしそれも何日かすると一日中召喚できるようになる。順調に魔力量が上がっているようで何よりだ。

しかし、その他の眷族を集めようと宝物庫で魔石を漁っていたら、アランに見つかった。これ以上の魔石はやらんだと？

＊＊＊

気晴らしに領地を散歩する。お供はもちろんフランだ。今日は護衛として騎士団からフィリップ＝オーケストラという若い騎士が付いてきている。フィリップはうちの領地の数少ない貴族の息子でうちの領地で数少ない騎士団に所属している。フランとは遠縁にあたる。フランは昔騎士団長をやっていたそうで、フィリップはがちがちに緊張してついてきているようだ。

「むう、世の中金か。しかし、どうするか……」

何か考えねばこの領地の将来がまずいというか俺がまずい。先日、生産の報告の資料を見ていたが、経営がまるでなっていない。素人目《しろうとめ》に見てもこのままだと数十年後には人口が減って大変なことになる。せっかくの大自然が全く活用されていないじゃないか。早くアラン死なないかな？

ふと前を見ると多くの農民が畑を耕しているところに出た。

現代日本を知っているとかなり雑に作られている畑ばかりで、畦道《あぜみち》も真っ直《まっす》ぐではないし水路もきちんと引かれているわけではない。作物の植え方もまちまちで、これでは効率の良い収穫など無理なのだろうなと思う。

働いている農民の顔は疲れており、税で半分程度を奪われてしまうと生活していくのも困難なのだろう。

使われていない畑もあり、昔と比べて人口が減り始めているのがよく分かる。

「使われていない畑か……。人が足りないのだな……」

人が足りなければ、人を呼ぶか効率を良くしなければ生産量は上がらない。しかし、この領地はどちらもできていない。

「人が足りなければ……。金が足りなければ……」


その時、俺に神が舞い降りた。

「そうだ！　爺！　今すぐ帰るぞ！」

俺は領主の館《やかた》へ走った。川を大きく迂回《うかい》しなければいけない場所であったが、そこは召喚魔法を使い、大量のノームを一時的に召喚し、組体操で橋を作らせる。

できたノーム橋を全力疾走だ。後ろからフランとフィリップがついて来ているが、すぐに維持魔力が足りなくなったためにノーム橋を消滅させる。まだ渡り切っていなかったフィリップが川に落ちる音が聞こえてきたが関係ない。

「金がなれければ稼げばよい！　爺！　今ある領地内、特に館周辺の畑と領民の戸籍のリストを持ってこい！」

　この領地を一大農業地へとする計画を思いついたのはこの時であった。将来、「レイクサイドの奇跡」と呼ばれる農業改革の歴史的第一歩であった。

＊＊＊

「騎士団から五人ほど回せ。別に優秀でなくてもよいが、召喚魔法に資質のある奴だ。いや、待て。騎士団ではなくて幼年院《ようねんいん》を卒業したてのやつでも構わん」

　俺は今、金儲《かねもう》けの計画を立てている。計画の全貌はこうだ。

　まず、領地内の畑の状況を確認する。人手が足りない部分のうち、人間しかできない仕事とノームでもできる仕事を分ける。ノームでもできる仕事はすべてノームにやらせることで、効率よく生産性をあげるという計画だ。

　それには俺を含めて大量の召喚魔法使いが必要だが、うちの領地にいるわけがない。しかし、今回俺が魔力を高めた方法を用いれば数か月でノーム十四を二十四時間召喚し続ける事のできる召喚魔法使いの出来上がりだ。召喚魔法は戦闘魔法という固定概念を崩してやればこういった方法はすぐに見出《みいだ》せるのである。

　人手が足りていない畑はすぐにリストアップされた。手始めに館周辺の畑のほとんどにノームを派遣する。どうしても人間の力が必要な大がかりなものを除いて、除草作業や土を耕す事に始まり、畑に区画を整備して畦道と水路を新たに作ったり統合したりする作業までする事ができる。二十四時間召喚し続けて魔力を注いでいるため、寝ている間に大きく畑が変わっていることもしばしばだ。あまりにも暇になった領民には他の仕事をしてもらう。農業以外にも狩猟や製作など仕事は山ほどあるのだ。

　領民たちはあっという間に終わってしまう作業に当初はびっくりしていたが、それにも慣れ始め、他の生産性の高い仕事を始めることによって現金収入を得た。これで生活がぐっと楽になり、数か月経《た》った今では領民からの俺の評判は鰻登《うなぎのぼ》りである。

　税収が上がることで俺に入ってくる金も増えるという寸法だ。もちろん、行商人を含めて他の領地にはこの事が漏れないように対処済みだ。真似されては困る。他の領地に関連した奴が来るたびにノームが還ってしまうため、行商人に対する領民の態度が悪い。

　行商人が「儲かるけど居心地が悪い」と言っているらしい。

ノーム召喚の担当者も増えた。現在は五人ほどがそれぞれ十匹以上のノームを常時召喚している。常時召喚のため、魔力は上がり続ける。それでさらに召喚できるノームが増える。派遣できる畑が増える。良い循環だ。この半年で俺の召喚数も三十を超えた。自己研《けん》鑽《さん》と資金調達を両立した最高の計画だ。

＊＊＊

「ハルキ様、ハルキ様が喜びそうな本がありましたよ」

やってきたのはフィリップだ。こいつ、なぜか召喚の資質が高くノーム召喚担当の一人になっている。召喚数はいまのところ十二匹で俺に次ぐ数を誇る、いわゆるエリートとして周囲から認識されているらしい。

ちなみに、この数か月で税収の上昇だけでなく領民の生活の質も向上したために、俺は領民から神のように崇《あが》められ、領地内経営はほとんど俺が行っていると言っても良い。アランは当初は楽ができると喜んでいたが、いまでは完全に息子に権力を握られお飾りの領主に成り下がってしまっている。哀れ親父。

「フィリップか、なんかあったのか？」

「これです。これ」

差し出されたのは本だった。昔の英雄の物語だそうだ。その中にものすごく興味を惹《ひ》かれる挿絵があった。そこには一人の召喚魔法使いと、その眷属が描かれていた。眷属の名前は……。

「ゴーレム！」

なんてこったい、こいつは是非とも眷属に招き入れねば。このゴーレムの召喚魔法使いは戦争で多くの兵士を失った城の中でゴーレムを使って城壁を修復し、多くの敵の足止めに成功したと書かれている。その後召喚魔法使いは死んだそうだが、その功績で援軍が間に合ったそうだ。

「こいつがいれば土木工事をさせることができるぞ！」

今は、人間に工事を行わせている。畦道や水路程度であればノームでもできるのだが、それ以上の力仕事は無理だ。そのため開墾《かいこん》や城壁の修理などまだまだ人手不足の状態だ。俺の方針で移民を受け入れており、獣人亜人も問わずに多くの領民が増えたが、それでもゴーレムは魅力的である。

「開墾に築城、治水工事に……ああ、夢が止まらん」

「是非とも、これの契約方法を探しましょう」

「うむ、そうだな。よし、フィリップよ。貴族院に行って来い」

「えっ？」

「行ってる間もノーム召喚は継続しとけよ」

俺は絶対貴族院には行かん。


貴族院には多くの魔法使いがいる。数が少ないとはいえ、召喚を得意とする魔法使いも貴族院にはいた。そこにフィリップを派遣し、ゴーレムの契約条件を知っているかどうか尋ねてこさせるのだ。

フィリップが帰ってくるまでに一か月かかった。結論から言うとゴーレムの契約方法は貴族院の図書館に残っていたそうだ。ただし、最も力の弱いクレイゴーレムの契約方法のみだったそうで、ストーンゴーレムやアイアンゴーレムの方法は載っていなかったらしい。

契約に必要なものは土の魔石、大量の粘土、羊皮紙、なぜか薬草が数種類だそうだ。どれもあまり希少な物ではないのですぐに集まった。これ、粘土を鉄に変えたらアイアンゴーレムの契約ができないかな？

俺の契約の儀式はすんなり終わった。契約内容は召喚と維持の魔力と引き換えに「クレイゴーレムの出来る範囲の事柄」だ。魔力的に一体であれば一日召喚していられそうである。

しかし、問題はその後だった。フィリップたちが契約に失敗したのだ。他の四人も同様である。色々と分析した結果、召喚魔法のレベルが足りないのではないかという結論に落ち着いた。まだ、俺一人が一体しか召喚できないのであれば土木工事に使うことは難しいかもしれない。

しかし翌日に物は試しと開墾の為《ため》にクレイゴーレムを召喚してみたところ、五メートルを超える巨体が人間ではありえない力で木々をバッタバッタとなぎ倒し、根っこをどんどんと引き抜いていく。他の召喚魔法使いのノームたちが土を馴《な》らしていって、あっという間に開墾終了と。

「これは、すげえな」

自分でもあまりの破壊力に呆然としてしまった。

その年の収穫量は尋常じゃなかった。領民たちも他の仕事をしていたのに収穫量が増えるという奇跡に収穫祭は大いに盛り上がった。俺はノーム召喚担当の五人を率いて祭りの中心に来ていた。

「ハルキ様じゃ！」

「おお！　ハルキ様！」

「きゃ〜、こっち向いて〜！」

俺、モテ期到来。老若男女にモテモテである。

「今日は俺のおごりだ！　大いに飲んで楽しんでくれ！」

こんなに皆から注目されることなんてなかったな。祭りが楽しすぎる。

「フィリップ様が来られたぞ！」

「レイクサイド召喚騎士団、筆頭召喚士フィリップ＝オーケストラ様じゃ！」

フィリップがモテている。巷《ちまた》では俺に見出された召喚魔法使い五名を指して「召喚士」という名前で呼んでいるらしい。特に俺を含めた六名は正式名称は「ノーム召喚担当」だが、「レイクサイド召喚騎士団」という通り名なんだとか。ちょっとかっこいいな、おい。今度からそれで行こう。


「ウォルター‼」

「ウォルターさん！」

平民出身のウォルターはフィリップより少し若い。もともとは領主館の使用人であったが、成人とともに騎士団に入団していた。しかし、召喚士にスカウトした時は騎士団の中でいじめられるような存在だったという。

「ヒルダ～！　結婚してくれ～！」

「ヒルダ姉さ～ん！」

ヒルダも平民出身でレイクサイド領主館の侍女だった女性だ。俺もよく世話してもらっていた。二十代後半である彼女は夫と生まれたばかりの子供に先立たれた未亡人である。

「テト！　がんばれよ！」

テトは幼年院を出たばかりで俺より年が若い。まだ成人していないにも関わらず召喚士にスカウトされたということで期待されている。意外にも魔力量が多い。

「ヘテロ！　しっかりな！」

「ヘテロ！　諦めんなよ！」

ヘテロは十九歳であるが五人の中で一番魔力量が少なく、ノーム召喚数がテトよりも少ないために残念な評価を受けることが多い。しかし、もっともフットワークが軽く色んな所へ出張するために遠くの領地で召喚が必要な時には非常に役に立つ男である。ちなみにノーム召喚は召喚者からだいたい二～三キロの範囲を超えると還ってしまう。

「あ、領主様だ」

「お、領主様」

次にアランが到着したが、非常に盛り上がりに欠ける反応だった。頑張れ親父。

収穫祭が終わり、大幅に上がった税収を見て俺は召喚魔法の教師を招待することを決めた。年が変わり、俺は十七歳になった。

＊＊＊

今年になってようやくフィリップがクレイゴーレムの契約に成功した。それでも総魔力が足りないためにあまり長時間の召喚はできないようで、まだ大がかりな土木工事を始めるには時間がかかりそうだ。

領地経営は順調である。多くの移民が入るようになり人手不足も解消されてきている。中でも亜人を代表してドワーフが何人も来てくれたことが大きい。彼らの鍛冶《かじ》の技術で道具の性能が向上し、さらに作業効率が上がった。クレイゴーレムの力を利用して遠くの石切り場から大量の石材を輸送しているが、その際の石切りの道具の生成など非常に役立っている。このまま色々と事業を拡大していこう。

召喚をここまで多くの事業に使用するにあたって、フランを中心に情報規制をかける部隊を設立していた。この土地で多くの召喚魔法が事業に使っているのをできるだけ他の領地にばれないようにするのを仕事とする部隊である。しかし、去年の増収などを考えると、それも限界がきているようだ。

「よし、方針を変えよう」

全国で不遇な召喚魔法使いを召喚士としてレイクサイド領へと招く計画を立てることとした。今まで情報規制をしていた部隊をそのまま全国へ派遣し、できるだけ多くの召喚士を勧誘するのだ。そうすることで他の領地で同じ事をしようとしても数年遅れでしかできない状況が作り出せるはずである。

「フィリップ、いまやってる治水事業が終われば領主館周囲の町と近隣の領地との間に交流専門の町を建設しようと思っている。移民をはじめとして、多くの人たちがここまで来なくてもよくすることで我が領地の秘密を守るとともに物流の効率化を図る事業だ。どうしてもクレイゴーレムの手がいる。魔力量を上げておけ。ウォルターたちも早くクレイゴーレムと契約できるように自らを磨いておくのだ」

「はっ！」

いつの間にこんな集団になったのだろうか、頼もしいかぎりである。

＊＊＊

本日は治水工事に来ている。メンバーは俺、フィリップ、ヒルダの三人だ。他は畑仕事をさせている。

ここの川は数年に一回は氾濫《はんらん》を起こすとのことで前々から問題にはなっていた。しかし治水工事をする金などなく、大雨の時には畑の被害を覚悟で泣く泣く領民を避難させていたのである。昨日の間に大量の石材と土砂をゴーレムで輸送してあるので、後はこれで堤防をしっかり作っていくのだ。対岸よりも大きめに作れば万が一氾濫が起きても対岸側へと水が溢れ、畑が浸水することはなくなるだろう。後々溜め池なども造設した方がよいかもしれない。

俺とフィリップはクレイゴーレムを、ヒルダはノームを召喚し工事を開始する。他にも何人も人員を雇ってはいるが、工期が短いために費用は微々たるものである。二体のクレイゴーレムが次々と石材を運び土手を作り、石材の間には土砂を入れ、ノームたちがそれを固めていく作業だ。

召喚士たちは特設テントに座って作業をのんびり眺めながらお茶をしている。実際は大量の魔力を搾り取られるために、かなりきついのであるが、傍《はた》からみているとサボっているようにしか見えない。

「近隣領地との交流のための宿場の件だが」

魔力を使いながらでも会議ならできる。そのためここにはフランもついてきていた。

「なにか目玉となる施設があっても良いかもしれんな。学校や図書館でも良いかもしれんが、今の状態で作れるとは思えんし」

だいたい、税収が増えたとは言え所詮《しょせん》弱小領地なのだ。少なくともこの召喚士事業が軌道に乗って、俺が召喚しなくても良いくらいにならないとだめだろう。何年かかるんだ？

「あのう、ハルキさま」

「なんだい？　ヒルダ」

「交流宿場もよろしいんですが、物流の効率化をはかるのであれば、輸送に関してできる事はないでしょうか」

「なるほど！　輸送……、道路だ！」

確かに領地内を移動する際に使っている今の道は全く整備されていない。領主館から宿場までても道路ができていれば馬車であっという間に物や人を運ぶことができる。

治水工事はその日の昼過ぎには終わってしまった。何故か三体目のクレイゴーレムが出現したのだ。俺が超高級な魔力ポーションを一気飲みしていたのに気づいていたのはフランとヒルダだけだった。

領主館周辺と宿場をつなぐ道路に採用したのは石畳だった。これで雨がふってもぬかるんだ道を通る必要がなく、迅速に物を運ぶことができる。さらに領主お抱えの鍛冶屋職人たちに頼んで、効率のよい馬車を作るように指示しておいた。車軸を金属製にしたり、車輪を改良したり、いろいろと考える事があるようで企画や発明はこちらとしてもやってもらいたい事である。とりあえずは乗り心地無視の耐久性アップを目標とした馬車を作ってもらう事にした。これから大量の農作物を生産し全国に売りつけるつもりなので、少なくとも宿場町までの輸送はスムーズにしてもらいたい。

ゴーレムとノームをフル活用して道路を作ったら他の村からも要望が来た。全ての村に道路をつなげることはできないが、石切り場をはじめとして資源が出るところは優先的に輸送を改善していこうと思う。

そんなことをやっているうちに夏になってしまった。

俺の魔力量は順調に増えており、クレイゴーレム二体の召喚、もしくは一体の二十四時間維持ができるようになっている。魔力の回復量もかなり増えたようだ。

召喚騎士団のレベルもしっかり上がっている。ついにウォルターがクレイゴーレムとの契約を成功させた。テトとヒルダももう少しだ。来年には全員がゴーレムを召喚できるようになっていればいいな。


全国からの召喚士の招致も進んでいる。

すでに十名ほどの召喚士がレイクサイド領への移住を希望してやってきた。中には貴族の息子も二名ほどいた。後を継げないからこのままだと平民に格下げになってしまうのだという。召喚魔法のレベルがそんなに高い者はいなかった。

ヘテロより総魔力が高かったのは元貴族の二名のみである。元貴族はフィリップへ、その他も二名ずつ元々の召喚士につけて部隊を編制した。元からいた五名はそれぞれ部隊長へと昇格させ、第一召喚騎士団はフィリップが隊長というように三名五つの部隊へ分け、それぞれまずはノーム召喚担当から始めさせた。今後、さらに召喚士が増えたならばそれぞれの部隊に配分していけばよい。

召喚士が増えたことでノームの召喚数が格段に上がった。そのため開墾にゴーレムを使い、そこに少数の移民と大量のノームを派遣するという形で収穫量も増えている。

中央とのやり取りはアランにすべて押し付けているが、そろそろ隠し通すのが限界に近いそうだ。大量の穀物を領地の外へ売り出したレイクサイド領はかなり注目されているらしい。

＊＊＊

私の名前はフィリップ＝オーケストラ、二十五歳。現在の役職は栄えあるレイクサイド召喚騎士団筆頭召喚士兼第一部隊部隊長である。領内で六名しかいないクレイゴーレムの召喚士であり、ハルキ様に次ぐ実力と評価されている。とても光栄な事であるが、私自身はそのような重職につける人間だとはとても思っていない。

レイクサイド領主館周辺はこの数年でずいぶんと変わった。今までは人が少なくてできなかった大掛かりな工事ができるようになった事で、鍛冶設備を充実させ、物流を改善させるために領主館周辺すべてに石畳の道路を敷き、増員された騎士団と召喚騎士団の宿舎など、どこかで誰かが工事をしている日々が続いている。それにより発生した人の流れが良い循環を生み、全国各地から少しずつ人が集まってくるため、宿屋を中心としてその他の産業も潤っているのだ。全てはハルキ様の農業改革から始まっている。

「フィリップ様、ハルキ様がまた何か始めるようですよ。鍛冶屋に集合だそうで、絶対にヒルダにだけはばれないようにと」

同僚のウォルターが声をかけてきた。このパターンはまたハルキ様の思い付きなのだろう。実際に動く自分たちにとっては非常に迷惑ではあるのだが、ハルキ様の思い付きは基本的にレイクサイド領にとって有益であることがほとんどである。

「分かった。すぐに行くと伝えてくれ」

ハルキ様の命令を拒む事はできない。立場としては次期領主であるが、権力的にはすでに領主アラン様のそれを上回っている。この一年でほとんどの事業はハルキ様を通して行われ、その実績も凄まじいものがあるのだ。


「フィリップ！　遅いぞ！」

鍛冶屋に行くとすでにハルキ様の他にウォルターとヘテロ、テトが集合していた。ここの鍛冶は亜人《あじん》であるドワーフが仕切っている。彼らの鍛冶技術は目を瞠《みは》るものがあり、レイクサイド騎士団の装備もかなり高品質の物に変わった。ドワーフの親方はダンテという名前らしい。今まで亜人に対して良い感情を持っていなかったが、こうして付き合ってみると、亜人も純人も変わらないではないか。むしろ純人のほうが性格悪い奴が多いんじゃないか？

「ヒルダにはばれなかっただろうな？」

何故、ヒルダを気にするのだろうか？　レイクサイド召喚騎士団の正式装備を検討する会だとばかり思っていたのだが。


「ハルキ様。注文されてた男性用装備ですぜ。重装がこちらです。フルミスリルの最高品質と言ってもいい。こんな仕事をさせてもらえて感無量ですわ」

ダンテがミスリル装備を持ってくる。

「おお！　すごいじゃないか！」

確かに凄い。凄い以外の表現ができない。こんなに凄い鎧は見たことがない。もし、これがそのあたりの武器防具屋で売っていたとするといくらするのだろうか？

「流通に乗せると、館が建つほどの値段になりますね」

ウォルターがなにやら計算をしている。館が建つ？　意味が分からん。

「これもすべてクレイゴーレムでミスリル鋼の採掘が可能になったからだな。褒美としてフィリップにやるよ」

「…………」

「どうした？」

「ハルキ様、フィリップ様の意識がないよ！　どうしよう！」

＊＊＊

「おお、似合うじゃないか。でも、なんで泣いてるんだ？」

まさか私がこのような最高の鎧に身を包む事になるとは思わなかった。フルミスリル。Sクラス冒険者パーティーでもおそらく着ている者はいないだろう。王都ヴァレンタインの騎士団の中でも最高クラスの者にのみ許される装備である。そして、このレイクサイド製の装備はヴァレンタインの物よりも品質がいいらしい。どれだけの予算をつぎこんだのか？

「さらにだな」

「はい、こちらです」

ダンテが持ってきたのは一本の剣だった。紛れもなくミスリル製の剣である。

「ミスリルソード。これをレイクサイド召喚騎士団の正式装備にしようと思うんだけど、槍でもいいいか」

「俺は槍がいいッス」

「僕は剣がいいな」

最高の鎧に身を包み、最強の剣を佩き、その責任に潰されそうになる。

「今までのくそダサいレイクサイド騎士団の鎧に比べると、恰好いいですね」

「おい、ウォルター。辛口だな」

「ハルキ様、僕は軽装の鎧がいいな」

ダンテが色々な要望を聞いている。私はこの鎧に身を包んだ時点でこれ以上の要望など吹き飛んでしまっていた。他の三人は逞しい。自分に合った鎧を作ってもらおうとしている。こういったところで自分を通す必要があるのだろうが、まだまだ私には無理なようだ。

「それで、そろそろ本題に入るぞ」

ハルキ様が本題とやらに入るらしい。これ以上に重要な議題とはなんだろうか。

＊＊＊

「というわけで、女性装備にはミスリルスカートを採用しようと思う！」

「最高ッス！」

「えへへ」

「さすがはハルキ様。分かってらっしゃる」

議題は「機能性とチラリズムの共存について――下がズボンであってもチラリズムが存在する理由と考察――」であった。さすがは我が主だ。着眼点が違う。女性装備の機能美を伴った可能性というものがここまでのものだったとは。

「いや、こんな事でここまで盛り上がれるのは純人くらいだな」

ダンテが呆れ顔で言う。それだから亜人は亜人と言われるのだろう。この重要性が分からないとは。

「今後、召喚騎士団にも女性が増えてくる可能性が高いからな。ふへへ、ダンテ頼んだぞ。我が領地の将来はお前に懸かっている」

「鎧のスリットに領地の将来を懸けるんじゃねえよ」

冗談はこのくらいにするとしても、ミスリル装備を標準にできるほどに我が領地は潤い出している。全てはノームとゴーレムを多用した農業改革から始まっていた。召喚騎士団に新しく入ってきた召喚士たちのうち、何人かが新たにゴーレムの召喚ができるようになればさらに大規模な工事が無料でできる事になる。その資金を元にさらなる装備の充実を図れば我が領地は安泰だ。最近は教育機関の設立までが検討されているらしい。ハルキ様が領地を経営するだけでこれだけの革新があった。今後もこの方についていけば間違いないはずだ。

収穫祭前にフラン様とヒルダが王都より帰還した。何種類かの召喚獣の契約条件を発見したのと、その儀式素材を集めてきたとのことだ。一人分しか素材が集まらなかったものの役に立ちそうなのはワイバーンという小型の飛行竜である。魔物にも同じ名前の飛行竜が存在するが、厳密には違う種類らしい。もちろんハルキ様が契約された。

私は他にも何種類か提案されたが、フェンリルという大型の狼型《おおかみがた》の召喚獣を望んだ。これはヘテロも契約に成功した。大型であるために鎧を着こんだ私を乗せても馬よりも早く移動することができる。さらにアイアンドロイドという人型の人形とも契約する事ができた。ほぼ人と同じくらいの身長であるために、数体を召喚する事で小隊を編成する事ができる。フェンリルに騎乗してアイアンドロイドを四体ほど召喚する。魔力が少しきついが、できない事はない。

しかし、恐ろしい事にこの編成で領地をうろついている時にフラン様に出会ってしまった。出会った瞬間に殺気を感じ、身構えてしまったが、私は何か怒られるような事をしてしまったのだろうか。

アイアンドロイドの素材は比較的簡単に手に入れることができたために、召喚騎士団のなかでも契約できる者が多かった。しかし終わってみるとワイバーンを含めてもクレイゴーレムを超える召喚獣は見つからなかった。

いつの間にかハルキ様はクレイゴーレムの素材である粘土を鉄に変えてアイアンゴーレムと契約を行っていたらしい。素材を手に入れるのが簡単でかつ契約内容も幅の広いクレイゴーレムは実は上位召喚獣の一角だったようだ。私はそろそろ二体同時召喚を考えていたが、恐れ多い事だったのかもしれない。でもアイアンゴーレムの契約は絶対行おうと思う。

＊＊＊

新たな眷属との契約で浮かれていた私たちに天罰が下ったようだ。実際は天罰というよりもハルキ様からの指令なのだが。

「あ、フィリップ。俺、収穫祭終わったら旅に出るから領地の事をよろしくね」

え？　私が領地の事を任されるのか？

召喚獣

ノーム GNOME

言わずと知れた、最も低い魔力量で召喚可能な召喚獣である。これが召喚できない召喚士はいないと言われるほどに基本的でありながら、費用対効果としては究極の召喚獣である。土の妖精である彼らはその低い維持魔力量に比較して、意外にも多くの事を遂行可能である。しかし一匹一匹の力は弱く、単独での戦闘には向いていない。

契約素材：土の魔石、羊皮紙

第二章

いやいや、俺って君らが思ってるような人間じゃないよ?

俺の名前はハルキ。単なるハルキだ。そこらにいる一般人である。

「一般人はワイバーン二体召喚して移動したりいたしませんよ、坊っちゃま」

「ええい、坊っちゃまはやめろと言うに」

こいつはフラン＝オーケストラ。昔は「鬼」のフランと呼ばれた凄腕冒険者で、レイクサイド領騎士団団長を務めあげた後にレイクサイド家執事をしている。俺には関係のない人物だ。

「坊っちゃまの召喚されたワイバーンに乗せていただいてますから、関係がないわけがありません。それに、私はフラン。ただのフランでございます」

「俺もハルキだ。敬語をやめよ」

「いえいえ、ただのフランはただのハルキ様の従者でございますから、敬語をやめるわけにはいきません。ご了承ください」

「ふん、堅苦しい」

俺たちはレイクサイド領を出て隣のスカイウォーカー領の上空を飛んでいる。実は俺の正体はハルキ＝レイクサイドというレイクサイド領次期領主であり、レイクサイドの奇跡と呼ばれた二年間におよぶ高度成長の立役者だ。

領地経営にある程度の目途《めど》が付いたために、俺はお忍びで王国全土を回って見聞を広めることとした。領地を出る際にアランという名の父親に泣きすがられたが、引き継ぎは完璧だから安心しろと言い残して出奔中《しゅっぽんちゅう》である。

「フィリップによろしくとおっしゃっただけを完璧な引き継ぎと言われなさるか」

「ええい、俺の部下は優秀なはずだ。俺一人の穴を埋められんでどうする⁉」

「坊っちゃまの穴はどうやっても埋める事はできないでしょうね」

「ふん、あらかた大きな土木工事は終わっておるではないか。クレイゴーレムも五体召喚できるならば去年よりは労働力は上がっておるわ。むしろ労働力よりもその配置が問題だ」

「おっしゃる通りでございますね。ですから穴は大きいのでございますよ。まあ、フィリップはともかくヒルダがいれば維持するだけなら十分でしょう」

「フィリップももう十分に経験を積んだ。と、いうよりもともと経験も力もない俺の代わりなど誰でもできるわ」

「それはともかく、フィリップはたしかに成長いたしました。もう、わたしでは勝てないでしょうね。先日、フィリップがフェンリルに騎乗し周囲にアイアンドロイドを四体召喚した状態で領地内を威嚇《いかく》して回ってました。後ろにはヘテロが同じくフェンリルに騎乗し、アイアンドロイドを二体従えておりましたな。騎士団の面々が度胆を抜かれておりましたよ。フィリップにその気がなくても、あれはかなり騎士団のプライドを傷つけたことでしょうね」

「トーマス叔父上《おじうえ》には悪いが、レイクサイド騎士団はもう崩壊寸前だ。中央の騎士団と比較すると話にならん」

「ええ、ですので鍛えなおそうかと思いましたが、坊っちゃまが旅に出られるとのことで私は泣く泣くその役目を他に譲りました。まあ坊っちゃまが帰還された折に道場破りを予約しておきましたので、今頃必死になって訓練していることでしょう」

そういえば、爺は昔の冒険者仲間に連絡を取って領地に招いていたな。あの異様な剣士はさぞ腕が立つことだろう。今頃レイクサイド騎士団はその剣士にしごかれているに違いない。

「ついでにフィリップ、ウォルター、ヘテロも鍛えなおすように言いつけておきました。召喚中は召喚士本体は暇ですからな」

召喚中は魔力がものすごい勢いでなくなっていく。本来であれば他の作業などできない。

だが、我がレイクサイド召喚騎士団は二十四時間営業であるため、常に魔力は出続けている。つまり、召喚中もいつも通り生活しているということだ。もちろん非常時には召喚を中断してそれの対応にあたる。最近は新人のノーム召喚研修も順調とのことだった。冬に入るため仕事量も減り、すこし余裕もあるのでちょうど良いのではないだろうか。

そんな話をしているうちにスカイウォーカーの領都が見えてきた。この町は最近、レイクサイド領からの大量の食糧がまず集められる場所として景気がいいらしい。全国から穀物の買い付けに商人たちがやってくるそうだ。

「まずは町外れに降りるぞ。騒がれてはかなわん」

ワイバーンに意思を伝え、町から離れた草原で降りる。ワイバーンが召喚から還ると魔力の流出が止まる感覚が分かった。

「しかし、町まで結構あるな。馬型の召喚獣があればよかったのに」

「坊っちゃま、ユニコーンは清らかな処女しか背に乗せない召喚獣として有名でございます」

「ああ、だから素材はあるのに誰も契約しなかったじゃないか」

この辺りはまだ比較的安全と言われている。魔力の噴出が少なく、突発的な魔物の出現があまりないのだ。事実、町に着くまで特に魔物に襲われることはなかった。

「爺、もう歩けない」

「ほっほ、何を十キロ程度で弱音を吐いておりますか。さあ、冒険者ギルドへ登録しに行きますぞ」

「そうだ。明日にしよう。今日は宿でゆっくり休めばいいんじゃないかな」

「まだ昼の十一時でございます。本日の予定は冒険者ギルドへの登録、昼食、その後は武器防具屋での装備の新調、その後、宿の手続き、夕食となっております」

「ぬう」


爺に引きずられ冒険者ギルドへと向かう。なかなか大きい町でもあり、ギルドの建物も大きかった。今度うちの領地のギルドを建て替えてやろう。ここより大きくするんだ。

受付は一人。まだ十一時であったためか中にはあまり人数はいなかった。

「失礼いたします。本日、連絡させていただいていた者ですが、ギルド長への面会は可能でございましょうか」

フランが受付にギルドカードを提出して尋ねている。何故か受付嬢がびっくりしている。

「おい、爺。なんでギルド長と面会をしなきゃならんのだ。今日は俺の新規登録だけだろう。さっさと済ませよう」

「ですが、この町で何かと便宜を図っていただけるのでしたら……」

「ふん、ズルは良くない。さあ、受付の方。俺の新規登録をしてくれ。ギルド長との面会はキャンセルだ」

「そうでございますか。ではギルドへの受付をさせていただきます。新規の方はFランクからの登録となりますね。ここに必要事項を記載して下さい」

登録用紙は簡単なもので、名前と年齢、得意魔法、出身地などを書く欄があっただけだった。

「できたぞ」

「ありがとうございます。では依頼はこちらのボードに貼ってあるものの中からお選びください。ランクが上がるごとに受ける事のできる依頼が増えていきます。一定の依頼をこなすとランクが上がる仕組みとなっております。飛び級を希望される方にはギルドからの試験がありますので、詳しくは向こうのカウンターで相談して下さいね」

「理解した。ありがとう。では、今日は用事があるからまた明日来ることとしよう。さあ、爺。昼飯だ」

「かしこまりました」

昼飯は近くの飲食店で食べた。安いが量が多くて旨《うま》い店だった。また今度来たい。

「さてと、では武器防具屋へと行くとするか」

武器防具屋もそこそこ大きな建物だった。レイクサイド領ではドワーフの鍛冶職人を何人か招いて騎士団専用の武器や防具を作ってもらっていたが、全て置いてきてしまっている。ただのハルキとしてはまずは初心者の武器と防具で冒険者生活をスタートさせるのだ。

「いらっしゃいませ」

店主はなかなか優しそうなおっさんだ。ダンテを始めとしてドワーフの強面《こわもて》ばかり見てきた俺としてはちょっと拍子抜けではあるが接客に期待が持てる。

「武器と防具を一式新調したい。駆け出しの冒険者なものでな」

「えっ、あ、左様《さよう》でございますか。分かりました」

なぜ、驚いたのだろうか。俺はどこからどう見てもひ弱な冒険者だというのに。

「では戦闘スタイルをお伺いしてもよろしいですか？」

「うむ、俺は魔法使いだ。前衛は無理。あと回復魔法や補助魔法も使えない。召喚魔法がちょっと使える」

「では、こちらなどは如何《いかが》でしょうか。今お召しのマントは大変良質ですので、そのままということで、服の上から着こむ胸当てに手甲、ブーツ、膝当て、腰は薬品がたくさん入るポーチが付いたベルト、武器はそうですね。使いやすい細身のダガーや杖《つえ》の形状をしたメイスというのも悪くはないかもしれません。胸当てなどは革製品から鉄、鋼鉄とそれぞれランクによって値段が変わります」

「そうだな。軽いのがいい」

「でしたら革製品ですかね。このメイスは杖の代わりになりますので、歩行時の助けにもなります」

「うむ、それをもらおう」

軽装一式で身を包んでみる。

「おお、意外と悪くなさそうだぞ」

「ええ、大変お似合いでございます」

「ではもらおうか。爺、支払いは任せたぞ」

「お任せください、坊っちゃま」

武器屋を先に出る。なるほど、後ろに歴戦の装備一式の爺がいたから俺がただの駆け出しの冒険者ではない事がすぐ分かったのだろう。終始腰の低い店主だった。


その日のスカイウォーカーの町には凄いニュースが流れていた。十年以上前に死んだと噂されていた当時人類最強とうたわれていた冒険者、「鬼」のフランが生きていたというのだ。

魔人族に奪われた王家の名刀を魔大陸《またいりく》まで行って奪還したというSSランク依頼は今でも伝説として語り継がれている。目撃者の話によると貴族の護衛として武器屋やギルドに出現していたという。あの腰につけた宝剣ペンドラゴンを見間違うわけがないと大通りの武器防具屋の親父が熱く語っていた。あそこは強面で一見《いちげん》さんには厳しくて有名だ。

フランは冒険者ギルドのギルド長とは知り合いらしく、今日は極秘で面会予定があったらしいが、その極秘情報が洩《も》れまくって町中を騒がしているらしい。

「さあ、依頼を受けに来たぞ！」

次の日、俺たちは冒険者ギルドに来ていた。今日は昨日に比べて人数が多い。まあ、こういう事もあるのだろう。

「おおお、やっぱり本物だよ！」

「あれが『鬼』の……ゴクリ」

「宝剣ペンドラゴン！　生きている間に見ることができるとは！」

なんだか有名人でもいるみたいだ。まあ、俺には関係ないから依頼をこなすとしよう。

「では爺よ、適当に依頼を貰《もら》ってきてくれ」

「はい、かしこまりました。でしたらこの薬草採取などどうでしょうか。私もこの手の依

頼は久々ですので自信がないですが、時間さえかければなんとかなるかと」

「「「ちょっと待てぇ～～!!」」」

ギルド中から突っ込みを受ける。なんだなんだ？

「あんた、『鬼』のフランだろ？　なんでFランク任務なんて受けてるんだよ!?」

「その宝剣ペンドラゴンがあればSランクでも余裕じゃんか!?」

「だいたい、そのSランクの黒色のギルドカード!!　百歩譲って『鬼』のフランじゃなかったとしてもFランクを受けてちゃダメだろ!?」

おおお、フランばれまくり。

「はて、何の事でしょうか。私は二つ名をいただけるような者ではありませんが。あっ、あれは!?」

フランが指を指した先を全員で見るが特に何もない。目線をフランに戻すと先ほど受付の為に使おうとしていた黒色のギルドカードが手の上で灰に変わっている。

「おや、私の勘違いでございました。失礼。そういえば、受付の方。私、まだギルドへ登録しておりませんのでFランクで新規登録をお願いしてもよろしいでしょうか？」

「「「待てぇぇぇぇぇぇぇえええええ～！！！！」」」

その日は朝からギルド長の部屋に連行された。俺は関係ないのになんで？

「私はただのフランでございます。決してSランクの『鬼』のフランという方とは同一人物ではございません」

「おい、フラン。その腰につけている宝剣ペンドラゴンを見て、それを信じろという方がおかしいだろうが」

この人はスカイウォーカーの冒険者ギルドのギルド長であるレンネンさんである。

「あ、あれは!?」

またしてもフランが明後日《あさって》の方向を指差した。ギルド長と他の職員が目をそらした隙に反対側の窓をあけて宝剣ペンドラゴン投擲《とうてき》する姿勢に入る。この間０．５秒くらい。

「ふん！」

ペンドラゴンは西の空へと消えていった。

「あああ!?　今すぐ職員に回収に行かせろぉぉぉ!!」

ギルド長の絶叫が建物に響き渡る。

ペンドラゴンは無事に回収されたらしい。町外れの草原まで吹っ飛んでいったそうだ。

「はあ、なんでそこまでするんだ？　Sランクカードもペンドラゴンもそんじょそこらの国宝よりも価値のあるものだと知ってるだろうに」

そんじょそこらの国宝とはなんぞや。ギルド長はもはや諦めムードである。

「私はフラン、ただのフランで坊っちゃまの従者でございます」

「坊ちゃまって、この人がSランクカードやペンドラゴンよりも大切だってことか？」

「Sランクカードやペンドラゴンというものは存じ上げませんが、坊っちゃまが大切なのは間違いございません」

「はあ、あんた何者なんだ？」

「俺か？　俺は冒険者ハルキだ」

レンネンの目が一瞬で見開かれる。

「まじかよ、レイクサイド次期領主の……」

「違う！　冒険者であるただのハルキだ！」

「あなた様のおかげで私どものスカイウォーカー領を初めとして多くの領地が食糧難から救われております。我々領民は感謝してもしきれません！」

「ええい！　だから違うというに!!」

「『鬼』のフランがペンドラゴンを投げ捨ててでも守ろうとする存在！　納得いたしました！　確かにあなたにはそれだけの価値がある！」

「だぁー！　人の話をきけぇ‼　爺も頷いてるんじゃねえ！」

その週のうちに「鬼」のフランがハルキ＝レイクサイドを護衛して旅をしているという噂話がスカイウォーカー領のみならず、王国全土に廻《めぐ》りめぐったという。


「ああ、もういい。俺がハルキ＝レイクサイドだ。もんくあるかぁ」

二時間ほどギルド職員から感謝の言葉を述べられて降参した俺はついに秘密をばらしてしまった。

「しかし、一体何故冒険者をされておられるのですか？」

「まだ、させてもらってねえよ。お前らのせいで。まあ、見聞を広めるためだよ。魔法に関しても一極集中型ってのは弱点も多いもんだ」

「はあ、それでフラン殿が護衛を」

「まあ、そんなもんかな」

ここでじいが眼力強めで主張する。

「ほっほっほ、坊っちゃまには私の護衛なんぞ必要ないでしょうな。私より強いですから」

「なっ⁉　さすがにそれは言い過ぎでしょう。ご冗談を」

「いざ戦闘になれば爺には負けるかもしれんなあ、不意打ちとかで」

「は⁉　ということは正面からならばフラン殿よりお強いと⁉」

ギルド長の食いつきが強すぎる。

「さすがに坊ちゃまが本気を出されれば私ではどうしようもございません」

「俺が本気というかねぇ」

もう疲れた。

「とてもそのようにはお見受けできませんが……、もしよろしければ腕前を披露していただいてもよろしいですか？　うちのギルドの強者《つわもの》たちも非常に興味があると思います」

「ああ、もう疲れた。解放してくれるんなら何でもやるさ」


ギルドの建物には中庭があり、ちょっとした広場になっていた。ギルド登録の際に早目の進級を希望する者にはここでテストが行われるらしい。

「こいつらが当ギルドで最強と言われているAランク冒険者たちです」

「なんだよ、俺たちが相手するのは「鬼」のフランじゃなくてこっちの兄ちゃんかよ。相手間違ってんじゃねえのか？」

三人の中のリーダー格の口が悪い。

「ばかっ⁉　このお方をどなたと心得る⁉」

「ああ、もう、その黄門様《こうもんさま》はいいから早く始めよう」

「こ、コウモンサマ？　まあ、よろしいでしょう。お互い、腕を見せ合うだけですので怪我のないようにお願いします」

「あいよ」

「では、開始です」


にやけた連中だな。品が悪い。余裕ぶっているのか、開始直後の攻撃はなさそうだ。

「来い！　ワイバーン！」

一瞬でワイバーンを召喚し上空で駆け上がる。

「なぁああ!?」

「出《い》でよファイアドレイク！」

上空から三匹のファイアドレイクを冒険者にそれぞれぶつけ牽制《けんせい》する。ファイアドレイクは炎を纏《まと》ったトカゲである。さすがにAランク。ファイドレイクと一対一で負けるわけではない。が、ファイアドレイクを倒せるわけでもない。ぐびっと魔力ポーションを飲み干す。

「出番だ、アイアンゴーレム」

止《とど》めとしてアイアンゴーレムを召喚、ワイバーンに屋根の上に降ろしてもらってワイバーンも戦闘に参加してもらおう。残りの魔力でアイアンドロイドを召喚したところで冒険者が音《ね》を上げた。

「降参です！」

「さあ、じい。宿に帰ろう。俺はもう疲れた」

せっかくギルドの中庭でやったのにアイアンゴーレムとワイバーンは外から丸見えだったらしい。あっという間に俺は有名になってしまった。

次の日、宿に押しかけてきたギルドの職員が俺のFランクギルドカード奪い、Aランクカードを置いて行きやがった。もちろん、本来は再発行なんてされないはずのフランのSランクカードも一緒に。

＊＊＊

最近、俺は変装をする事を覚えた。マスクと帽子をつける事で、俺が誰だかわかる人はいない。

「あ、ハルキ様！　フラン様！　ご機嫌麗《うるわ》しゅう！」

通りすがりの通行人にも気づかれない。

「ハルキ様！　フラン様！　いつもありがとうございます！」

街中でのワイバーンでの低空飛行は低速安全運転だ。


ギルドの依頼の方も順調だ。Aランクカードを押し付けられたために高難易度の依頼から始めることになってしまったが、なんてことはない。ほとんどが魔物の討伐依頼であるが、ワイバーンでビューっと行って、魔物の真上にフランをポッと落として、討伐終わったら素材を剝がして、ワイバーンでビューンで終了だ。魔力ポーションを使えば、一日に三回は依頼をこなせる。

スカイウォーカー領の治安はかなり良くなったとのこと。何故か辺境の魔物の討伐依頼が領主館のあるスカイウォーカーの町に来るという不思議な現象が起きているが。

「おい、爺。このままだと俺の修行にならないんだが」

「滅相もございません。すでにワイバーンを一日中召喚できるほどの経験を積まれておられる。それにこの前で例の契約素材も集まりましたでしょう」

それはこの前ワイバーンを還すの忘れて寝た時の話だな。いつの間にかワイバーン専用の竜舎が宿に設置されてるし。

「戦闘経験を積まないとだな、ここに来た意味が……」

「坊っちゃまが回収された素材で、この前へテロがワイバーンとの契約を終了させました。

召喚騎士団第五部隊の全員がワイバーンとの契約を終えるのも近いのではないでしょうか」

「なぬっ！　ヘテロがワイバーンと⁉　いつの間に。というか爺はどこからそんな情報を……」

「ああ、毎週フィリップにここまで来させております。報告が終わるとすぐに帰還させますので坊っちゃまにはお会いできてませんが……」

「フィリップをパシリに……。あいつ今レイクサイド領の経営に関しては最高責任者じゃ……」

「ですのでヘテロがワイバーンとの契約を終了させましたから今後はヘテロが連絡係ですな」

「まあ、俺たちが獲った素材がそういう風に使われているんならば良いか……」

　契約している宿に戻る。看板に「本日もただのハルキ様ただのフラン様お忍び滞在中　お帰りは十八時ごろ予定！」と書いてあるのが腑《ふ》に落ちない。隣に「本日ただのルイス様お食事予定のためご予約の方のみ」とも書いてある。今日はルイスが来るのか。ワイバーンを屋上の竜舎に入れ、食事をとることとする。

　ワイバーンが屋上に止まった振動で、宿の客と従業員が俺たちが帰ってきた事を察する。最近おなじみの光景だ。部屋に荷物を置きに行く、と言っても最近は重いので防具はつけていない。杖を置いてくるだけだ。階下の食堂に入ると俺たちの帰りに合わせて従業員が食事の準備を整える。完璧なタイミングで完璧な料理が出てくるのだ。そしてたくさんの見物客。予約をしたわけでもないが、俺たちの席は当たり前のように用意されている。それも一番目立つ場所に。

「おい、爺。またしてもこの店、集団行動の質が上がってないか？」

「日頃の特訓の成果でしょう。ハルキ様が褒《ほ》めておられたと後程伝えておきます。おそらく泣きながら歓喜することでしょう」

「い、いや。そんなことしなくてもいいんだが……」

予約席にはすでにさわやかなイケメンが座っていた。周囲にはなぜかスカイウォーカー騎士団「アイアンウォール」が何人も座っている。

「やあ、ハルキ殿」

「ルイス殿、久しぶりですね」

俺がここに泊まるようになってからここによく来る常連さんである。ちなみにスカイウォーカー領の次期領主はルイス＝スカイウォーカーという名前らしい。

「ははは、そういえば、この前おっしゃってたフィリップ殿のその後の話が聞きたいですね」

「ああ、あいつは実はむっつりスケベで……」

そんな平和（？）な日々が続くと思っておりました。

次の日、ヘテロがワイバーンで直接宿へ乗り込んできた。

「ハルキ様！　一度御領地へお戻りくださいッス！」

「どうした、何があった？」

「戦争でッス！」

宿とギルドに別れを告げてレイクサイド領へと戻る。ワイバーンで領主館に戻ると領民が歓声と共に迎えてくれた。が、そのままお祭りになりそうな勢いだったために落ち着くようにと指示を出しておく。庭に兵士が集められている。意外にも数が多い。

「親父！　詳細は!?」

「おおっハルキ！　よくぞ帰った！　これで勝てる！」

魔人軍が大陸最北端のフラット領へと侵攻してきたそうだ。ここ数百年において最初の侵攻はだいたいフラット領であり、領主ジルベスタ＝フラットは王都ヴァレンタインから派遣されている騎士団とともにこれを迎え撃ったという。

　第一陣はなんとか押し返すことに成功したとのことだが、付近の小さな島を占領され、現在魔人軍はそこに兵力を集めているのだそうだ。

　現王アレクセイ＝ヴァレンタインは各領地に派兵を要求したとの事だった。

　何故かアランは移動しながら説明する。気が付くと俺たちは沢山《たくさん》の兵士たちの前に出ていた。

「親父、ここはレイクサイドの名前を上げるチャンスだ。我が騎士団は数年前とは違い精強な騎士団へと変わっている。召喚騎士団もいるし治安部隊を残してできるだけ多くを率いていくんだ！」

「え？」

「え？」

「「え？」」

　え？　なんで全員が？マークなの？

「あれ？　親父が軍を率いていくんじゃ……」

「いや、お前が行くのだ。息子よ!!」

「いやいや、なんか急に領主っぽい口調で言わなくても……」

「聞いたか者ども!!　ハルキ様が我らを率いて戦《いくさ》に加わってくださる!!　我らレイクサイドの強さを見せつける時がきた!!」

フィリップぅぅ‼　てめぇぇ！　何故か全員集合している騎士団と召喚騎士団。

「レイクサイド‼　レイクサイド‼　レイクサイド‼　レイクサイド‼」

「うぉぉぉぉ〜〜〜‼」

「ハルキ様の許《もと》へ‼」

フィリップが将軍をやっている……。なんてことだ……。というか、この流れ、嫌な予感がする。トーマス叔父さん、頑張れよ、そんなちっさくなってないで。


「「「レイクサイドに勝利を！　現れよ‼」」」

景気づけに召喚騎士団部隊長クラスがそれぞれの召喚獣を召喚する。真ん中のフィリップはアイアンゴーレム、ヘテロとテトがワイバーンで瞬時に上空に舞い上がり待機する。俺の両サイドをヒルダのレッサーエンジェルとウォルターのレッサーデーモンが固める。それぞれが召喚される度にまるでアイドルのコンサートだ。絶対こいつら練習してたに違いない。

なんだ、このお祭り……仕方がない。若干厨二病っぽいが、付き合ってやろう。こそっと魔力ポーションを飲む。騎士団たちも空に向けて破壊魔法を連射する者たちがいた。それ、意外と綺麗《きれい》な花火だな。

俺は領主館に集まっている兵士たちに向けてこう言った。

「皆の者よ！　レイクサイド領を誇らしく思うがよい！」

そして小さく魔法を唱える。


「現れよ」


アイアンゴーレムを超える真紅の巨体が領主館上空に現れる。歴代最強、敵にとっては死の代名詞とも言われるレッドドラゴンの召喚だ。

一瞬の静寂、それを打ち消す巨竜の咆哮《ほうこう》とファイアブレス。上空を染めた灼熱の炎がそれぞれの兵士たちの心をも燃やしていく。

「レイクサイド!!　レイクサイド!!　レイクサイド!!」

フィリップが何故か泣いている。兵士の中には何故かレッドドラゴンを拝んでいるものもいた。

「レイクサイド!!　レイクサイド!!　レイクサイド!!」

ウォルターやヒルダが熱い視線で俺を見てくる。恥ずかしいからやめて。

「レイクサイド!!　レイクサイド!!　レイクサイド!!」

ヘテロとテトのワイバーンがレッドドラゴンの周囲を飛び回る。

屋根に乗っかっちゃってるから後で壊れた部分直さないといけないな。実はつい先日フランが最後の素材を手に入れてきた。なかなか仕入れにくかったそうだが、日々集めた素材と交換でなら渡してもよいという人を見つけたらしい。

しかしこの領地の人たちって、お祭り好きだよね。

「皆のものよ！　吉報を待っておるぞ！」

アランの叫びは歓声に紛れて誰にも聞こえなかったという。

＊＊＊

俺は今、猛烈に後悔している。召喚騎士団の計画に乗せられて調子に乗ってレッドドラゴンまで召喚してしまい、どう考えても戦争へ行かなければならなくなったのだ。しかも思い出すとめっちゃ恥ずかしい。厨二病全開である。

「まあまあ、そんなに落ち込まないでくださいッス。格好良かったッスよ」

うるさいヘテロ、お前が早くレッドドラゴンと契約してくれれば俺は行かなくて良くな

る。急げ。

「坊っちゃま、契約の素材は非常に貴重な物でした。当分は手に入りそうにもありません」

爺まで裏切るか。

「か、感動しました。まさか私のアイアンゴーレムが小さく見えるなんて」

最近ストーンゴーレムとアイアンゴーレムの同時召喚を可能にしたフィリップ将軍様である。いつの間にか騎士団まで掌握するとはどういう事か。というか早く泣き止《や》め。

「一生ついて行きます」

ウォルターよ、むさくるしい男はいらない。

「わ、私も一生お供いたしますよ」

ヒルダ、誤解を招く言い方はやめてくれ。

「僕もドラゴン召喚したいです」

実はフィリップよりも魔力量が多くなっているテト。君はほんとに将来有望だよ。代わってくれ。

「一部の情報ではハルキ様を早めに領主にすることでレイクサイド領が、延《ひい》ては王国全土が潤うと言われておりまして、アラン様には暗殺の可能性が……」

この怖い事を言ってる人はフランが騎士団を叩き直すために呼んだマクダレイ＝モスキートだ。ある日突然、「鬼」のフランから脅迫状が届いたそうで、「今すぐレイクサイド領へ来て騎士団の練兵に協力しなければ地獄の底まで追いかけてでも殺すのでお願いします」と書かれていたらしい。爺は「お願い」しているでしょうと言っていたが、あれは完全な脅迫状だ。

まあ、落ち込んでいても仕方がない。

「集合は明日の早朝、ウォルター、ヒルダは騎士団とともに兵士を連れて通常行軍。フィリップは爺をワイバーンに乗せて、テトとヘテロは騎士団から破壊魔法が得意な奴を一人ずつ引き抜いて俺と一緒に先行する。マクダレイはここで父上と叔父上をお願いする」

ええい、なるようになれ。

先行組はその日のうちにワイバーンでフラット領へと入った。フラットの町はまだ戦火に巻き込まれておらず特に被害はないが、戦時中ということでかなりピリピリした空気を感じる。夜も遅かったためにほとんど何もせずに宿で一泊した。

翌朝、徒歩で町を離れると前線へ向かう途中でそれぞれワイバーンを召喚させた。俺はもちろんレッドドラゴンだ。魔力ポーションも忘れずに飲んでおく。

「さて、派手《はで》な登場となるぞ」

前線はほぼ海岸線だった。既に戦端は開かれており人類側は少し押されているがなんとか崩壊せずに耐えている。そこそこの損害が出ているか……。

魔人族は船で上陸を試みる者や、大型の魔物に乗っている者もおり様々であったが、双方とも数千の軍勢がぶつかり合うというのはもの凄い迫力だった。戦争で死者を見るのは初めてであり、嘔気《おうき》が襲ってくるがなんとか飲み込んだ。

「フィリップと爺は後方にあるジルベスタ＝フラット殿の本営へ行き、我々が味方であるという事を伝えて来い。他の二組は空から破壊魔法を降らせるんだ。ある程度遠くからでも構わない。魔法や飛び道具に気をつけろ」

フィリップのワイバーンが本営へと向かう。双方、少しずつだがこちらに気が付いた兵士たちがいるようだ。落ち着いて空から戦場を見渡してみると、形勢は人類側がかなり劣勢だった。陣形自体が崩れているわけではないが、一部押し込まれてしまっている陣地があり、このままでは防衛軍全体がその陣地から順に崩壊していく可能性も高い。最も勢いのある敵を分断する形で空から襲いかかる。

「レイクサイド召喚騎士団参上ッス‼」

ヘテロの怒号が崩壊寸前だった人類の陣営の士気を上げることに成功する。援軍、それも伝説のレッドドラゴンを始めとして三体の竜が魔人族に襲いかかっているのだ。

「レッドドラゴンよ、敵を蹴散らせ」

《承知した》

魔人族の破壊魔法が飛び交う中、レッドドラゴンのファイアブレスが右から左へと薙ぎ払われる。残るのは消し炭のみ。取りこぼした魔人は二組のワイバーンの上から発された破壊魔法で仕留められていく。

俄《にわ》かに人類陣営が士気を取り戻し、昼前には戦闘は人類の大勝利で幕を下ろした。

戦闘が終わったため、俺は速攻で帰ろうとした。こんな場所に長居は不要だ。初めての戦争、魔人とはいえ人殺しで気分も悪い。それ以上にここに滞在したくない理由がある。

しかし、この戦闘の功労者である俺たちを兵士たちは歓声で迎え入れてくれて、帰るに帰れない状況となってしまっていた。

「噂に聞こえたレイクサイド召喚騎士団とはここまでのものだったか」

「召喚騎士団に加え、レイクサイドは『鬼』のフランも派遣してきたらしい」

「『鬼』のフランといえばかつては人類最強の称号を持った男ではないか！」

「ハルキ＝レイクサイドの影武者と言われるフィリップ＝オーケストラとともにスカイウォーカー領で魔物を根こそぎ殲滅《せんめつ》したという……」

「勢いのある領地にはやはり人材が集まるのか」

「ハルキ＝レイクサイドといえば貴族院でのあの事件の……部下に恵まれたな」

「あのレッドドラゴンはやはり筆頭召喚士フィリップ＝オーケストラに違いない」


……やっぱり帰りたい。


「ちょっと、あいつらワイバーンの爪で引っかけて、上空散歩に連れて行ってもいいっスか？」

ヘテロよ、頼むからやめて。


本営に帰るとすぐに宿舎が用意された。こんなもん用意してないで殲滅戦に加われよ。召喚獣を還し、宿舎の本営に先行部隊全員を集める。

「今から重要な指令を出す。これは俺の命と同価値と思え」

ゴクリと皆の唾を飲む音が聞こえてきそうだ。

「おれ、もうやだ。寝るから誰も通すなよ。明日になったら帰る。あとはよろしく」

＊＊＊

ふて寝している最中に宿舎の前が多少うるさかったけど、誰も何も言ってこなかった。ヘテロがずっと門番しててくれたみたいだ。日の出とともに起きて脱出することとしよう。

「どこ行くッスか？」

すぐにヘテロに見つかってしまった。こいつ、ずっとフェンリル召喚してたのか。さすがにフェンリルにばれずに脱出する事は無理だったみたいである。

「いや、ちょっとそこまで」

「レイクサイド領はちょっとそこじゃないッスよ」

「だって……」

「だってじゃないッスよ。ハルキ様は堂々としてればいいんスよ」

「……堂々とか、でも俺、貴族院はほとんど通ってなくて、まあ俺のせいじゃないんだけど……ぶつぶつ」

「そうじゃないッス！」

「えっ？」

「ハルキ様はあとは俺らに任せたって堂々と言えばいいッス。あとはなんとかしますッス。

主にフィリップ様が」

「フィリップが、かよ」

「そうッス。フィリップ様もなかなかです。あとヒルダも頼りになるッス。ハルキ様がいなくなった後の穴を埋めようと皆必死に成長したッス」

「そう、そうだな。お前たちも頑張ってるもんな」

こいつらもこいつらなりに成長したんだろう。頑張って俺を支えてくれようとしてるんだ。少し、頼ってもいいのかもしれない。

「今日はウォルターとヒルダが到着するッスよ。ハルキ様をディスる奴らは俺らで血祭りにあげるんで安心してほしいッス」

「安心できねえよ」

前言撤回だ。監視の必要がある。

＊＊＊

貴族たちの対応がめんどくさい。できれば断ったりもしてるが、領主クラスの誘いを無下に断るわけにもいかず。特にフラット領主の息子ローエングラムには大分参った。貴族院時代のハルキに対するのと同じように接してくる。こっちもよく覚えていないからつい……。

「誰だっけ？」

って言ったのがまずかったらしい。フラット領は魔人族との戦争で前線になることも多く、中央でも非常に権力をもっている大領地だからな。ハルキの記憶ではかなりいじめられた事になっている。というか、不登校の原因はあいつだ。軽くあしらいつつも作戦会議とやらに出席する。

「メノウ島《とう》奪還作戦会議を開始する」

レイクサイド領からは俺とフラン、フィリップが参加だ。

「おい、フィリップ」

「はい、何でしょう」

「任せた。俺は寝る。あとで教えてくれ」

「え？　あ、はい。分かりました」

冒険者の時に着けていたマスクと帽子を装備して、一歩引いた場所で考えているかのように寝てみた。まあ、完全に意識がなくなるわけではないけどフィリップも爺もいるし、安心していられるはずだ。

「レイクサイド領の意見はいかがか？」

たまにこっちの意見も聞かれる。頑張れフィリップ。


「おい、ハルキ。お前のところの騎士団だけで攻略してみろよ。まあどうせお前は前線には出ないんだろうけどな」

ローエングラムがアホな事を言っている。無視だ、無視。

「ローエングラム殿、我が次期領主を愚弄《ぐろう》なさるか？」

いいぞ、頑張れフィリップ。

「ふん、部下に恵まれただけの奴に領主が務まるか」

「謝罪と訂正を要求する‼」

おおお、フィリップがめっちゃ怒ってる。テーブルをばんっ！　って叩いてるよ。

「ちょっと爺！　止めないの？」

「止める？　お戯《たわむ》れを。ハルキ様は我が領の次期領主。我が領の誇りでございます。先の防衛線、現在の陣地の修復、食糧の問題。この戦場は全て我がレイクサイド領がなければ成り立ちません。分からせてやればよろしいのですよ」

ローエングラムが顔を真っ赤にして怒ってる。

「弱小領地のくせに！」

とか言ってるけど、お前の親父さん呆れて物も言えなくなってるぞ。

「ジルベスタ＝フラット殿。これは我がレイクサイド領に対する侮辱と受け取ってもよろしいか？」

爺も参戦しやがった。

「いや、我が息子の非礼詫《わ》びよう。この通りだ」

おおお！　親父さん謝っちゃったよ！

「ローエングラム、ハルキ殿とレイクサイド領の方々に謝罪しろ。そしてこの会議から出ていけ」

ローエングラム顔真っ赤っか。小声で「非礼をお詫びします」って言った後にテントを出て行っちゃった。外から「弱小領地がぁ!!」って叫び声が聞こえる。

「本当に申し訳ない。あの者はまだ心が貴族院から抜けておらんのだ」

「あ、いえ。お構いなく。こちらもでかい態度とってたみたいですいません」

おかしい、何故この両サイドのブレーキ役が激怒してて俺が止めに入ってんだ？

「あ、それでメノウ島攻略の話なんですが」

「おお、レイクサイド領の意見を聞こうじゃないか」

場の空気が最低な時は話題転換に限る。他の貴族もこの流れに乗っかってくれたみたいだ。

「上陸地点の確保が最優先だと思われます。そこで、我らレイクサイド召喚騎士団がこの南の端の地点を確保いたしましょう」

もうフィリップには任せておけん。

「船をお貸しいただけたら、上空と二方向からこの地点を攻めます。騎士団の多くは船に乗っていて、あたかも主力はそちらと思わせるのですが、空から回った部隊の中に私が交じっておき、この地点でレッドドラゴンを召喚します。あらかた敵の排除がすみましたら守備に強いアイアンゴーレムでこのようにグルっと堀を掘って土で構築した塀を作ってしまいます。その間、レッドドラゴンは守備に当たります。塀が完成すればあとは全軍上陸を開始します。この地点を抑える事で地の利は我らに傾きます。あとは相手の奇策に注意しながら押せば堅実に勝てるかと」

「素晴《すば》らしい案だ。それで、その作戦の問題点は？」

この人はシルフィード領領主、ジギル＝シルフィード。めっちゃイケメン。そしてシルフィード領はヴァレンタインにも近くて発言力がでかい。

「まあ、それはレッドドラゴン頼みなところでしょう。さすがに全軍からレッドドラゴンに集中砲火されればあっという間に倒されてしまいますから、それを防ぐ必要があります。まあ、そのためにこの地点で初めて召喚するわけですが。ですので、ここまで他の召喚士のワイバーンで空輸してもらう必要があり、そこでレッドドラゴンの召喚士本体、まあ私なんですが、これを狙われると厳しいです。戦闘中はワイバーンの背中で上空待機するつもりですけどね」

「レイクサイド騎士団の被害が増えるかもしれんぞ」

「我が騎士団は大丈夫です。それに上陸地点の確保を確認してから全軍が上陸しますので、失敗時の損害は少なくなります」

中には領主自ら兵を率いている領地もある。ここでの発言は後々に中央で大きく影響することだろう。ただし、それはアランの仕事だけど。

「反対意見はないか？　私はこの案に賛同する」

ジルベスタ＝フラットが俺の案に賛同したという事は他は反対してこないだろう。皆自分のところの兵士が減るのは嫌なはずだ。

「では作戦は明朝六時、夜明けとともに決行だ」

……六時って早いねえ。

「ハルキ殿！　フラン殿！」

おお、あれは。

「ルイス殿ではないか。はじめまして」

「あっ、そうだね。はじめまして、ルイス＝スカイウォーカーです。よろしく」

この人はルイス＝スカイウォーカー。スカイウォーカー家次期領主で今回スカイウォーカー騎士団を率いての参上だ。ちなみにスカイウォーカー領に滞在中に宿に頻繁《ひんぱん》にただのルイスという人が訪ねてきて一緒に食事をして帰っていった。ただのルイスが来るときは大概騎士団が宿の警備にあたっていた。

「ルイス殿、これは私どものレイクサイド召喚騎士団筆頭召喚士のフィリップ＝オーケストラだ」

「初めましてルイス＝スカイウォーカー様。フィリップ＝オーケストラです」

「貴公がフィリップ＝オーケストラ殿か。噂は聞いております。ずいぶんと優秀だそうで」

「いえ、まだまだ若輩者でございます」

「いやいや、ハルキ殿やフラン殿から聞いております。お二人の留守中に騎士団をまとめ上げただとか、むっつりスケベとか、巨乳好きとか」

「ちょ!?　ハルキ様!?　何を喋ったんですか!?」

「真実だ。それに最近は将軍様まで兼任されておるからな」

「まだ根に持ってるんですか!?」

「当たり前だ、あんな恥ずかしい事二度とやるか」

「フラン殿、ハルキ殿は何をさせられたのでしょうか？」

「それはですね……」

「ちょっと！　爺！」

戦争中であったが、ルイスたちと楽しい時間も過ごすことができた。


次の日の朝、夜明け前にヒルダに起こされた。

「あと五時間寝かせて」

「ハルキ様、もう出撃の時間が近いのです。早く用意なさってください」

なんかヒルダが優しいお母さんみたいだな。そう言おうかと思ったが、かつてヒルダは夫と子供を亡くしている。気にしているかもしれないからやめておこう。

本日の俺の空輸係はテトだ。他の皆は船で上陸する部隊に加わってもらうこととなっている。フィリップのアイアンゴーレムが攻撃に耐えながら、レッドドラゴンの召喚を待つのが今回の作戦の基本的指針となる。

いように二人乗り用の鞍が装備してあった。


「じゃあ、テト。行こう」

「分かったよ。しっかり捕まっててね」

テトのワイバーンが上空へ上がっていく。いつもより遙《はる》か高く上がるために、マントの他にも寒さ対策をしてある。それに今回は速度が重要となってくるため、振り落とされないように二人乗り用の鞍が装備してあった。


「ハルキ様、あれ」

上陸地点が見えてきた。情報通り、魔人族の野営地が点在している。海から上陸を考えた場合、上陸しにくいように各所が押さえられているのが分かる。作戦会議で聞いていたジギル＝シルフィード殿の予想どおり、前回および前々回の侵攻で主力であった大型の魔物を使った編成ではなく、魔人の主力はやはり破壊魔法を得意とする者たちのようである。魔物もあまり大きなものは連れてきていないようだ。海岸沿いに上陸に使うと思われる水棲の魔物が何体か見える。他は船を使うのだろうか。

ほどなく騎士団の船団が見えてきた。そこそこ大きめの船ではあるが、さすがに陸からの破壊魔法の集中攻撃を受けると沈んでしまうだろう。射程圏外ぎりぎりの所で四体のアイアンゴーレムが船の周りに召喚され、先頭の船団を護りながら少しずつ上陸していく。

魔人族の攻撃範囲に差し掛かると陸からアイアンゴーレムに向かって様々な破壊魔法が飛んだ。本来防御力の高いアイアンゴーレムと言えども集中砲火には耐えられないだろうが、まだ距離があるために何とか耐えているようだ。

アイアンゴーレムはそれぞれ近場の海中や岩場の岩を担いで投擲を始めた。最も近かった魔人族の陣営に直撃すると大きな被害をもたらす。そうこうしているうちに少しずつアイアンゴーレムたちは進めるようになった。上陸部隊の船団はその後方であまり動きを見せていない。損害は少なければ少ないほどよい。身内だけでも全員帰還してほしいと思うのは人間である以上仕方のない事だと思う。ただ、躊躇《ちゅうちょ》することでタイミングを誤り戦局に影響しなければよいが。そこはフィリップを始めとする皆を信じるしかない。

「さあ、ゴーレムたちがやられる前にこちらはこちらの仕事をしよう」

テトのワイバーンは見つからないように大きく迂回して上空からの侵入を試みる。ほとんどの魔人族が上陸を試みるアイアンゴーレムの迎撃に向かっており、あちらはかなりしんどそうだ。先頭を歩いていたフィリップのアイアンゴーレムが膝をつく。だが、完全に消滅する前にフィリップは次のアイアンゴーレムの召喚に成功していた。これでまだ耐えることはできそうだ。

「ハルキ様、これから突っ込みます！」

テトのワイバーンが召喚予定地まで飛んでいく。さすがに敵本営に近づくとこっちに気付く人数が増え、かなりの数の破壊魔法が飛んでくる。ワイバーンに錐《きり》もみ回転させながら躱《かわ》すが、何発か受けてしまったようだ。テトと俺に直撃はない。そして酔ったので気持ち悪い。

「お願いします！」

召喚予定地の上空を通り過ぎる。

「頼んだぞ！　レッドドラゴン！」

真紅の巨体が召喚されたのを確認するとテトのワイバーンは上空へと逃げた。かなりの数の魔法の直撃を受けたようで、ふらついている。それでもなんとか召喚主を安全高度まで引き上げた。下ではアイアンゴーレムの上陸を防ぐために陣を構築していた魔人族の裏から、レッドドラゴンがファイアブレスで襲っている。陣形の乱れた戦端にアイアンゴーレムがさらに岩を投擲し、なんとか上陸は成功しそうだ。レッドドラゴンを召喚した場所は小高い広めの丘になっていて、眼下の陣地を攻撃する場合、胴体を晒《さら》すことなく首だけでブレスを放つことができる。飛行系の魔物は体が小さいものが多いため、レッドドラゴンの攻撃を阻止することができず、また破壊魔法などの遠距離攻撃を主体とする部隊が挟《きょう》撃《げき》されているため突破力がなく、決死隊が形成されてはレッドドラゴンの前まで到達することなく焼け死んでいく。

「敵ながら、気持ちの良いものではないな」

アイアンゴーレムたちが上陸に成功した。数は二体まで減ってしまっているが、その後方から船団も到着する。レッドドラゴンのファイアブレスでかなり数の減った魔人族に対して掃討戦が開始される。今回、島の北部へと逃げていく魔人族に対しては追撃は行わない。他の領地の奴らにも功績は残しておいてやってもいいだろう。

レッドドラゴンは引き続き同じ場所で大暴れ中だ。だが、その胴体はかなり傷つき、召喚状態を保っているのも長くないかもしれない。所詮、個の力というのはそういうものだ。

続いて、我々の陣地の構築に入る。それまでに陣地に攻撃を仕掛けてくるやつらをレッドドラゴンで薙ぎ払い、生き残ったアイアンゴーレムで土木工事を行う。昼ごろにはなんとか陣地は様になってきた。これならば全軍が上陸しても問題ない。レッドドラゴンを味方陣営の中に後退させる。そろそろ維持魔力もきつくなってきた。

「他の騎士団の上陸を急がせろ」

陣地完成の報告を行い、他の騎士団たちの上陸を開始する。数千を超える部隊が上陸するのだ。魔人族たちもこのタイミングが反撃の時だと思っているはずだった。

「魔力の回復した者からゴーレムの再召喚だ」

フィリップは上陸時に二体のアイアンゴーレムを召喚し、どちらも撃破されてしまっている。今日はもう魔力的にきついとは思うが魔力ポーションを飲んででも継戦してもらう必要がある。

守備に関しては傷ついたレッドドラゴンとアイアンゴーレムとどちらが良いのだろうかと悩んでいるとテトが言った。

「レッドドラゴンは皆の象徴だから、還しちゃだめですよ」

なるほど、象徴か……。

俺のレッドドラゴンと五体のアイアンゴーレムが陣地を守っているとなかなか壮観である。他の召喚騎士団もアイアンドロイドなどを召喚したため、レイクサイドの守っている場所はかなり異様な雰囲気だ。

＊＊＊

「大手柄でしたな」

ジギル＝シルフィードが手勢を連れてこちらへ来ていた。後方にはシルフィード領が誇る氷属性に特化した破壊魔法集団「アイシクルランス」が控えている。破壊力に関しては随一と言われ、彼らの集中砲火はおそらくレッドドラゴンやアイアンゴーレムの守備力をも凌駕《りょうが》するだろう。

「しかしこれが限界です。たまたまうまく奇襲が成功した。残念ですがこれ以上我が騎士団は追撃に参加できそうもない」

「ははは っ！　まだ手柄を欲されるか。他の者たちにも残しておいて欲しい物です」

イケメンが笑うと絵になる。やたら格好いい。むかつく。

「あとは我らに任されよ。この戦いでレイクサイドは大いに活躍された。後日、アレクセイ王から労《ねぎら》いの声がかかるでしょうな」

「正直な話、そういう堅苦しい場所は嫌いなんですよ。その際は父アランに全て押し付けたいと思っております」

「ははは っ、無理でしょう。ハルキ＝レイクサイドの名前はこれで王国全土に知れ渡りました。以前の貴族院での誤解も含めて、民衆も黙ってはいないでしょうな。頭のない連中はあなたの事を影武者のフィリップ殿だとか言っていましたが、そのフィリップ殿もアイアンゴーレムの連続召喚とすさまじい成果をあげています。あれはフィリップ殿の影武者の誰なんでしょうね。まあ、あなたの前では霞《かす》んでしまいますが」

「褒められるのは慣れておりませんで、何といえば……」

つい、身構えてしまう。

「ははは、そう身構えないでいただきたい。もう少しご自分の価値を冷静に見つめると答えが分かりますよ。今、あなたと友好的に知り合うというだけでかなりの価値があるということです。そのために私はアイシクルランスの連中に鞭打って一番乗りさせたんですから」

よく笑うな、このイケメン。なんて好感度だ。だまされんぞ。

「自分にそこまでの価値なんてないと思っているのですが」

「しかし、これでも自分は若いつもりでいましたが、さらに若いあなたにこんなに差をつけられるなんて思ってもみませんでした。さすがに三十歳近くなると下の世代が活躍するようになるのですね。はじめての経験ですので悔しくもなりますよ。ハルキ殿はいまおいくつですかな？」

「十八になりました」

ほんとは三十七だけどな。お前なんて若造だよ。

「お若い！　なんてことだ！　ははは」

「まだまだ若輩者です。……そうだ、今はうちの騎士団の連中もいません。これも縁です。

ジギル様にお願いしたい事があるのですが…」

「ほう!? ハルキ殿に貸しをつくれるのならば何でもいたしますよ」

「実はですね、すぐというわけではないのですが…」

このお願いが俺の人生を変えることとなる。

＊＊＊

私の名前はジギル＝シルフィード。大領地シルフィード領の領主であり若干二十九歳の自他ともに認めるイケメンだ。

我がシルフィード領は代々ヴァレンタイン領の隣ということもあり、中央ではかなりの権力を有する大領地である。私が二十一歳の時に父が急逝《きゅうせい》した。それから八年かけてシルフィード領を強くしてきた。軍事改革も私が推し進めた事であり、我が騎士団の中でも「アイシクルランス」は氷属性の破壊魔法に特化した攻撃集中型部隊である。

前々回の魔人族侵攻の際は大いに活躍し、それまで我ら人類がかなり苦しめられていたギガンテスとよばれる単眼の巨人の形をした魔物の軍勢に対して多面的集中砲火、通称「氷の雨」を加える事により容易に撃破することができるようになっていた。

今回の魔人族は学習能力があるらしい。大型の魔物ではなく、機動力に特化した部隊を送ってきている。特に破壊魔法を得意とする魔人族部隊は厄介《やっかい》だ。我が「アイシクルランス」も活躍はしているが、細かく数が多い敵はあまり得意としていないのは事実である。広範囲爆撃魔法による戦法を開発する必要があるな。

そして、今回の戦闘はもしかしたらまずいのかもしれない。普段、あれだけ戦闘狂が多く犠牲も厭《いと》わない戦いで有名なフラット領の連中が今一つなのだ。ジルベスタは名将といって良い人間だと思っていたが、年には勝てないか。特にバカ息子の部隊を掌握しきれていないなんて論外だ。

打開策が思いつかない間にも敵はメノウ島から多くの軍勢を投入してくる。あんなに戦略的に重要な島に常駐軍を置かなかったなんて、何を考えてるんだ?

我らの方の援軍ももうすぐ到着予定との事。明日にはスカイウォーカー領から次期領主が騎士団を率いてやってくるし、明後日には今話題のレイクサイド領から召喚騎士団がやってくるという。

ただ、正直な話、スカイウォーカー領の騎士団は弱兵ではないが数が少ない。レイクサイド召喚騎士団は未知数ではあるが、所詮召喚魔法使いだ。あまり戦力的にはあてにならないな。ここはヴァレンタインから新たに騎士団の派遣を急がせた方が良さそうだ。

そうこうしているうちに魔人族の連中が上陸を始めた。あそこはジンビー＝エル＝ライトの管轄だろうが、エル＝ライト領は大丈夫なのか？　これは完全に陣形に楔《くさび》を打たれた形になってしまった。場合によってはフラットの町まで引くことを考えた方がいいかもしれん。「アイシクルランス」であそこの尻拭いをしてもいいが、損害が馬鹿にならないな。どうすべきか……。

私が悩んでいると遠くの方で獣の鳴く声のような音が聞こえてきた。その後によく通る声で名乗りを上げた騎士がいる。レイクサイド召喚騎士団だと？　来るのが早い。というか、あれはなんだ……？

＊＊＊

レッドドラゴンなんて初めて見た。今回の魔人族の編成は人類側の飛び抜けた個の武力を想定していなかったのだろう。次々と敵を薙ぎ払った光景は、人類が救われた感動とともに久しく忘れていた嫉妬の感情をよみがえらせた。あれが欲しい。あれを超えたい。いや、今は人類が救われた事を喜ぼう。

海岸防衛戦はあっけなく終わった。レイクサイド召喚騎士団の事は、その後誰とも面会しないというハルキ＝レイクサイドのちょっと変わった噂とともに防衛軍のなかで話題に事欠かなかった。

私も面会を希望したが、黒色の狼に騎乗した部隊長にすげなく断られてしまった。体調が悪いと言っていたな、レッドドラゴンの召喚で無理をしたんだろうか。まさか、噂話を聞いてふて寝しているわけないよな……。なぜか陣地のいたるところにレイクサイド召喚騎士団の召喚した召喚獣がいて、睨《にら》まれているように感じる。私はまだ何も言ってないぞ。

次の日のメノウ島奪還の作戦会議にはハルキ＝レイクサイドも出席していた。顔を隠せるマスクをしているためにあまり印象は分からない。昨日聞いた噂では貴族院を不登校で卒業したそうだが、そんな奴がレッドドラゴンを召喚して人類を救い、ここに出席できるわけがない。何かの間違いだろう。

フラット領のバカ息子が会議の邪魔をしている。ジルベスタは何をやっているんだ？　イラついた表情で睨んでいると、なんとジルベスタがハルキ＝レイクサイドに対して謝罪したではないか。これは面白い。その後のハルキ＝レイクサイドの立案も悪くない作戦だったと思う。ただ、あれは上に立つものが提案する作戦ではない。まだまだ若いということか。

奪還作戦は非常に上手くいった。前回の戦いで我が「アイシクルランス」にこっぴどくやられた連中は大型の魔物を用意していなかったために、レッドドラゴンに対抗する事ができなかったようだ。

しかし、上陸後にハルキ＝レイクサイドの顔を見についでに褒めに行ってやったら、全く調子に乗ってないどころか次はこの作戦は通用しないことを理解していやがった。

年下に追い抜かれそうになって焦る老人たちを笑って生きてきたが、奴らの心境が今ならよく分かる。これはまずい。これからの時代はレイクサイドだ。実はレイクサイドは食糧問題など内政の分野ではすでに他領地を大きく引き離している。軍事が数年で良くなるとは思っていなかったが、この次期領主が率いれば今でも大領地といい勝負をするのではないか？　実際、アイアンゴーレムを駆使した陣地設営は大きな武器だ。

本気でハルキ＝レイクサイドの暗殺計画を考えていると、向こうから「お願い」をされた。よし、貸しができるならばそれでもよい。とりあえず聞いてやろう。

何て事のない単純な事だと思ったが、それは私の予想をはるかに上回る厄介なものだった。

第二章

だからぁ、
すぐに調子に乗るなと
あれほど言ったのに。

俺はホープ＝ブックヤード。冒険者だ。

「ハルキ様、突っ込みどころが多すぎッス」

今、ここシルフィードの町で駆け出しの冒険者になったばかりである。ランクはＦ。これから薬草採取の依頼を受けたので町外れまで来ている。

「フラン様、ちょ〜怒ってましたよ」

何故かハルキ＝レイクサイドという人物と間違われ、「鬼」のフランという人類最狂の執事に付きまとわれていたが、しっかり撒《ま》いてきた。今頃は見当違いのエル＝ライト領あたりを捜索しているに違いない。

「それに、アラン様やフィリップ様に戦後の処理を全部押し付けて」

そしてたった今、ワイバーンに乗った全身ドワーフ製のミスリル装備に身を包んだ竜騎士に草原のど真ん中で捕獲されたところだ。革製品の装備の駆け出しの冒険者とはわけが違う。さすがだ、こいつを育てた主の顔が見てみたいもんだ。きっとイケメンに違いない。

「…ヒルダの結婚式は明後日ッスよ、ほんとに出席しないッスか？」

がふぅ‼　例えて言うなら、古傷を抉《えぐ》られたような衝撃を受けた。

「ハルキ様がヒルダを好きなのはうすうす気づいてたッスけど、あ、たぶん気づいてたのは俺だけッスよ。早くしないから他の男にとられちゃうんスよ」

……もう、もう立ち直れない。

「それに、さすがに帰るそうそう「捜さないでください」って書き置き残して出奔しても、誰もハルキ様のこと理解してくれないッス。あ、俺は別ッスよ。ハルキ様の味方ッス」

いいんだ、ヘテロ。少し一人にしておいてくれ。

「しかしハルキ様とヒルダは十歳も違うんスよ。身分も違うし、一緒になろうとしても反対があったかもしれないッス」

だって、ほんとは俺三十七歳だし、ヒルダ三十歳で丁度いいし、今更小娘に振り回されるのは無理な精神年齢なんだもん、俺。それにこの前一生お供しますって言ってくれたし
……。

「ヒルダの相手は、あの騎士団の炎系の破壊魔法が上手い奴でしたッスね。この前ハルキ様も褒めてたじゃないッスか」

ああ、あの誠実そうで優秀で非の打ちどころのない奴だよ。俺とは違って。どうせヒル

　

ダを幸せにしてくれるよ。

「ハルキ様、ほんとにいいんスか？」

「ええい！　うるさい！　俺の名はホープ＝ブックヤードだ！　ハルキなんて奴は知らん！　それに他の奴らにはここにいると言うなよ！　お願いします！」

「じゃあ、伝言だけでもお願いしますッス。何もないとヒルダ悲しむッス」

「そ、そうだな。じゃあ、ヒルダには『幸せになってくれ』と、相手には『紅竜ハルキ＝レイクサイドの名に懸けてお前を地獄に追い落としてやるけどヒルダは幸せにしろよ』と」

「分かったッス、ヒルダにだけ伝えておくッス。あと皆には、ハルキ様はヒルダに振られて傷心旅行中ってばらしておくッスね」

「ああ！　貴様！　戻ってこい！」


ハルキ＝レイクサイドことホープ＝ブックヤードはシルフィード領に潜伏する事とした。何故かヘテロにはすぐに見つかってしまったが、他の連中は全く分かっていないようだ。

メノウ島奪還作戦の上陸後、俺はジギルにあるお願いをした。それは「いつか、ホープ＝ブックヤードという名の冒険者がシルフィード領に行くかもしれない。無害な奴なのであまり詮索はせずに放っておいてやってくれないか」というものだった。ジギルはその程度ならばとすぐに了承してくれた。

と、いうわけでホープ＝ブックヤードはシルフィードの町で冒険者として生活を始めた。町は魔人族との防衛戦から帰った騎士団の凱旋《がいせん》パレード中である。大領地の中心地でもあり、シルフィードの町は大きい。パレードの規模もかなりのものだ。

「アイシクルランス」の連中が来た。やっぱりめちゃくちゃ格好いい。レイクサイド騎士団なんてあっという間に蹴散らされてしまうんだろうな。その後ろにジギル＝シルフィードの馬車が見える。パレード用に皆から見える作りをしている。俺はこいつらを知っているとはいえ、野営地ではマスクを着けていたから、相手は全く俺の事が分からない。装備も違っているから気楽なもんだ。と、思ってたらジギルと目が合ったような気がした。一瞬びっくりしているようにも見えたが、にこやかに民衆に手を振っている。気のせいだろう。それよりも採取してきた薬草をギルドに提出しに行かなければ。

シルフィード領の冒険者ギルドはスカイウォーカー領のそれよりもさらにでかい。受付も三つあり、どれに声をかけようか迷うほどである。

「あ、すいません。薬草採取の依頼を達成しましたので提出に来ました」

「はい、こちらで受け取りますね。これが達成料になります」

銅貨三枚を受け取って、すぐに他の依頼が出されていないかを確認に行く。まだFランクの俺は引き受けられる依頼が少ないが、まあこれも仕方のない事だ。

酒場で少しお酒を飲んで情報収集だ。今は凱旋したアイシクルランスの話題と紅竜ハルキ＝レイクサイドの話題がほとんどである。むずがゆい。真実を知っている俺にとって今のところ有用な情報はないようだな。まあ、気楽にいこう。


ギルドを出て安宿に戻るとしよう。明日はゴブリン退治が待っている。早目に寝るとするか…。と、行く手に三人の男がこっちを見ている。そのうち一人が、囁いてきた。

「付いてきていただけますか？」

なんだなんだ？　こんな駆け出しの冒険者に何の用だ？　囲まれてしまったために、大人しくついていく事とした。

「こちらです」

よく見るとこいつ、どっかで見たような気がする。「アイシクルランス」の騎士団長にそっくりだ。

「これはどういう事でしょうか、説明を願えますかな？」

路地裏に地味なローブに身を包んだ貴族がいた。とりあえず、お貴族様だし、ご挨拶が必要そうだ。

「ええと、私はホープ＝ブックヤードと申しますが、どちら様でしょうか。おそらく、人違いかと…」

気が付くと貴族がガックリと地面に手をついてうなだれている。いわゆるorzだ。

「あれ？　どうなされましたか？」

バッとフードを外して俺に近づいてきた。やべえ、こいつジギルだ。

「貴公！　何を考えている⁉　紅竜自ら我が領地に潜伏してどうするつもりだ⁉　スカイウォーカー領のように内部からレイクサイドの名を上げ優秀な人材をさらっていく魂胆か？」

正体が完全にばれてる。ということはこの三人はアイシクルランスだな。逃げられねえ。

「じ、ジギル殿。この前お願いしたではありませんか。ホープ＝ブックヤードを放っておいて欲しいと、無害ですから」

「確かに、私は貴公に言質《げんち》を取られましたな！　まさかこんな計画だとは、ますます貴公が恐ろしい！」

「いや、計画とかではなくてですね…」

「では、なんだと⁉」

うー、言わねばならないかなあ。納得してくれるかなあ。

「なんというか、その逃避行というか…。まあ、部下に言わせると傷心旅行だそうで…」

「は？」

＊＊＊

ここはシルフィードの領主館。こっそり拉致《らち》られた俺はジギルと酒を飲んでいる。

「それでですね、私は居てもたってもいられなくなり『捜さないでください』と置き手紙を残してレイクサイドを後にしたのですよ。ただですね、前回は爺を連れていたんですが、あ、爺とはフランの事ですけど。爺が目立ちまくってしまうのですぐばれたんですよ。腰に宝剣ペンドラゴンなんて佩《は》いているもんだから。だから、今回は誰にも見つからないようにと名前も変えて」

「はははっ、ハルキ殿。やはり私はいろいろと誤解をしていたようです。許されよ。しかし、まさか紅竜ハルキ＝レイクサイドが部下に振られて傷心旅行とは、ははは っ。おっとまだ振られてすらいませんでしたな、はははっ」

「ぐぅ、ジギル殿、今はホープ＝ブックヤードです」

「そうでした、ホープ殿。しかし、そんな繊細なお心をお持ちとは。もしかして防衛戦の後に面会を断っておられたのも陣営内で心無いデマが広まっていたからふて寝していたとかですかな？」

「なっ、なんで分かるんですか？」

「ははは、実に愉快だ。まさかあの紅竜が」

「ですので、放っておいてください」

「しかし、私にホープ＝ブックヤードの事を頼んだときは、まだヒルダ殿が結婚するとは知っておられなかったのでしょう？」

「うぐっ、そうですね。ただ、もういろいろ嫌になってたし、戦争終わったらどっかに引《ひ》き籠《こも》ろうかと…。ローエングラムもいじめてくるし」

「ああ、あのジルベスタ＝フラットのバカ息子のことですな」

「ええ、しかもあいつが言ってる事がほとんど真実というのがまた厄介で」

「えっ？」

「ジギル殿も知っているでしょう。貴族院での事件ですよ。あの現王までまきこんで貴族院の存在意義について会議を行わせてしまった不登校児が私なんですよ」

「ええええっ!?　そんな馬鹿な」

「いえ、本当なんです。二週間しか通いませんでしたから。ローエングラムのせいで」


　だからぁ、すぐに調子に乗るなとあれほど言ったのに。

「に、二週間？」

「いやホントに、お恥ずかしいかぎりで」

「色々と信じられませんな。もし本当だとすればそこから数年で紅竜を召喚できるまでになったという事ですか」

「ええ、領地経営しようにも他に人材がいなくて仕方なく働いていたらいつの間にかね」

「いやぁ、ハルキ殿の話は非常に興味深い。ちなみにどのような仕事をされていたので？」

「おっとジギル殿、それは秘密です」

「…あなたという人が分からないですな。何やら二つの人格が存在するようだ。一つは論理的に非常に優秀な為政者《いせいしゃ》であり天才的な召喚士、重要な秘密を漏らすことなど絶対ない。もう一つは女性に振られて落ち込んでしまうような心の弱い落ちこぼれ。本来は対角にある関係なのですが」

あっと、びっくりした。実はそれめっちゃ真実に近い。


「心の弱い落ちこぼれが本当の私ですよ」

「本当にそのようですな。しかし、領主としてさすがに紅竜ハルキ＝レイクサイドを確認しておきながら何もしないというわけには行きません。邪魔にならない程度に護衛をつけさせてもらってもよろしいですかな？」

「まあ、仕方ないでしょうね。監視もいるでしょうし」

「ははは、そこまでお見通しなら逆に助かります。おい、ロラン!」

ロラン=ファブニールはアイシクルランスの団長である。二つ名はマジシャンオブアイス。そのまんまだが、単純すぎて名乗るのが怖い二つ名だ。氷属性の破壊魔法を使わせたら当代でこの人よりすごい人はいない。

「ハルキ殿の好みで独身の女性を騎士団から派遣しろ」

「ぶふぉっ!」

めっちゃ酒噴いた。

「失恋には新たな恋と決まっている。そのままレイクサイドまで連れ帰っていただけると我が領地との繋がりができて良い」

「かしこまりました。紅竜ハルキ=レイクサイド様の奥様候補となれば誰も嫌とは言いますまい」

おおい、ロランさんまで何言っちゃってんの? まあ、断らないけど。

そんなこんなで夜遅くまで飲んでいたら、次の日二日酔いで死ぬかと思った。

ジギルが用意してくれた護衛兼監視はギルドにやってくるそうだ。


だからぁ、すぐに調子に乗るなとあれほど言ったのに。

ギルドで出会って自然とパーティーを組んだ事にした方がいいと言われた。ちょっとドキドキしている。なにせロランが選んでくれた俺好みの女性らしいからな。あの後、タイプの女性について熱く語っておいたので大丈夫だろう。ロランよ、マジシャンオブアイスの名にふさわしいできる男であることを信じているぞ。前世で失恋後に友人が組んでくれた合コンを思い出すぜ、爆弾ばっかりだったけど。

ギルドでお茶を飲みながら挙動不審になっていると、何人もの人の出入りがあるのが分かる。中には強そうな人も多い。歴戦の冒険者になると装備品も充実していて、駆け出しかどうかなんてすぐに分かるから、誰も俺に声をかけようとしない。でも、俺が待っているのはそんな冒険者たちじゃなくてジギルが用意してくれた護衛なんだ。将来の奥さん候補とかではない。護衛兼監視だ。

「あの、ホープ＝ブックヤード様でしょうか？」

まさか後ろから声をかけられるとは思わなかった。ドキドキしながら振り返る。

すると、そこに天使がいた。あれ、召喚したっけか？

「ロラン様に言われて派遣されてきました。セーラ＝チャイルドと言います。よろしくお願いします」

いや、これは女神だ。マジシャンオブアイス万歳、シルフィードよ永遠たれ。

「ホ、ホホ、ホープ＝ブ、ブックヤードでしゅ。よ、よろしく」

よし、あまり噛《か》まずに言えたぞ。

「ロラン様にはホープ様の事をほとんどお聞きしておりません。本人に伺うようにとのことでしたので。それで、その前に必ずこちらをお渡しするようにとジギル様から言付かっております」

そういうと女神は、いやセーラは手紙を差し出した。差出人はジギルだ。

『ホープ＝ブックヤード殿

書く事が多いので貴族の形式を外すことを許してほしい。さて、まさかロランが護衛にセーラを選ぶとは思わなかった。私はすでに妻も子供もいる身であるが、もしセーラが誰かと結婚することになったら結婚式のフラワーシャワーの代わりに新郎にだけアイシクルランスの「氷の雨」を降らせてやろうと心に決めている。騎士団の中でも賛同してくれる奴らがほとんどだ。聞き取り調査をしたことがあるが九割以上だった。ギガンテスを片っ端から葬り、人類を救った我が領地が誇る一点集中砲火型戦法だが、その程度防げないようなら彼女の伴侶《はんりょ》としての資格はないと思う。』

怖《こ》えぇよ！　というか、そんなもの防げる奴いねえ！

『しかし、彼女は優秀なので紅竜ハルキ＝レイクサイドの護衛としてふさわしい人選だとも思っている。そして、ホープ殿がハルキ＝レイクサイドとして目立ちたくないという事情も考慮して、私から提案と制限をさせてもらおうと思う。』

提案と制限？

『まず、提案というのは、セーラにはハルキ＝レイクサイドだとばれないように行動してもらえないかという事だ。『酔いどれエルフがロックリザードに見える』という諺《ことわざ》もあるが、それ以上にハルキ＝レイクサイドには尾ひれがついた噂が多く、君という人物を誤解される可能性が非常に高い。実際私もそうだった。』

たしかに！　セーラにはハルキであることは黙っていよう。しかし、そもそもどういう意味の諺なんだ、それ!?　全く理解できん。

『もう一つはシルフィード領の領主として、領地内でのレッドドラゴンおよびアイアンゴーレムの召喚を禁止させてもらう。できればワイバーンもやめてほしい。ハルキ＝レイクサイドをかくまっていることがアレクセイ＝ヴァレンタインにばれると面倒だ。『鬼』のフランも怖い。』

なぁにぃ!?

『以上の事をふまえて、セーラには「ホープ＝ブックヤードという人物がシルフィード領で冒険者として生活している。彼は我がシルフィード領にとって大切な存在であるが、その理由は聞かないでほしい。我々は彼が冒険者として危険な仕事をするのを止めてもらえるように頼んだが、説得に失敗した。事を荒立てないように最低限の護衛を君に頼みたい。期限はホープ殿が我が領地で危険な事をしなくなるまで、つまり不明だ」と伝えてある。ここまで制限をかければセーラが君に落とされることはほぼないだろうが、もし万が一があればレイクサイド領にアイシクルランスを引き連れて結婚式に出席する事を約束しよう。

シルフィード領主であり君の心の友　ジギル＝シルフィードより

PS.　分かっていると思うが、この手紙はきちんと破棄してくれたまえ』

がってむ!　なにが心の友だ?

「あのう、どうかいたしましたか」

女神セーラがこちらを覗いてくる。優しそうな整った顔に肩までのサラサラの黒髪。大きな目がとてもかわいい。軽装の胸当てと手甲、濃い緑のマントを羽織り腰には長剣を佩いている。革のブーツと膝当てがベージュのズボンを包み、胸元にはアイシクルランスの紋章のペンダントが。身長は俺よりもやや小さいくらいで、細身の守ってあげたくなるような感じだ。

「いやあ、友に救われ、友に裏切られ、さらに神に救われたところだ」

「…忙しいんですね」

「さて、どこから説明しようかな。……サラマンダー」

サラマンダーを召喚して手紙を焼却させる。

「炎の破壊魔法は使わないんですか？　サラマンダーはかなり燃費が悪いと思うんですけど」

「ああ、俺、破壊魔法使えないんだ」

「そうでしたか。よろしければ、魔力測定をすれば現在の能力を説明する手間が省けますが？」

「いいの？」

セーラが魔力測定の魔道具を使う。おお、優秀だ。特に破壊魔法が強く、それ以外も召喚魔法以外は平均を全て上回っている。そして同い年。

「基本的に召喚以外は安定して使えるようにしております。アイシクルランス所属のため
にギルドランクはCをもらってます」

「すごいね、優秀な人が来るとは言ってたけど、ここまでとは」

「戦争が一旦終わりましたから、騎士団はある程度暇になるんですよ」

「そうか、そしたら俺も魔力測定を…」

「えっと、ロラン様からそれはやめた方がいいと言われてるんですが…」

「ああ、そうか偽名がばれるか」

「やっぱり偽名なんですね」

「……」

「……」

「…忘れてくれると嬉しいな」

「…分かりました」

とりあえず、場所を移動して今後について話す事とした。さすがに宿の部屋に呼ぶのも
どうかとは思ったのだが、
「今後は寝食を共にさせていただきます。でないと護衛とは言えませんから」

「いやいやいや、まだ早いというかなんというか」

やばい、鼻血出そう。おかしい、前世では妻も子供いたはずなのに。いつの間に免疫なくなったんだ？

「これから冒険者として過ごされるのですから、同じテントで護衛させていただく事も多くなります」

ぶはぁ！　何てことだ。そのまま、宿の部屋に押し込まれてしまった。まあ、他の人に聞かれるとまずいこともあるから仕方ない。そう仕方ないんだ。


「それではできる範囲で構いませんから今後の目標などを教えてください」

「あ、そうだね。ええと、今までは特になかったんだけど、ある目的ができて、これは教えることができないいんだけど」

君と仲良くなる事です。あわよくば結婚する事です。

「それには結構な障害があって、どうしても必要なものが出てきたんだ」

万が一の場合、アイシクルランスの「氷の雨」を防ぐ方法です。

「その必要な物なんだけど、」

あのギガンテスをも瞬殺する破壊魔法の集中砲火なんてどうやって防いだらいいのか。

レッドドラゴンでも防げそうもない。ならばもっと上位の伝説級召喚獣でもなければ無理じゃないか……あ。

「欲しいのは、」

爺が集めてきた資料に載ってたな。契約条件まではさすがに書いてなかったし、召喚した前例もなかったけれど。

「コキュートス、氷の大精霊だ」


「コキュートス？　それっておとぎ話の四大精霊ですよね」

四大精霊、炎のイフリート、氷のコキュートス、風のシルフ、土のタイタン。名前は知ってるけど、見たことない。

「それで、素材が集まりやすい冒険者をされてるんですね」

「まあ、そのようなもんです」

レイクサイド領から逃げてきただけですが。

「確かにシルフィード領は王都ヴァレンタインに近いといっても霊峰アダムスを始めとして寒い土地が多いところです。コキュートスの情報がある可能性はたしかに高い……」

そ、そうなんだ。

「分かりました。それで、ホープ様の実力はどの程度なんでしょうか」

魔人族の一部隊なら一瞬でなぎはらった事がありますが。

「ええと、実は召喚魔法がちょっと使えるけど、それ以外はからっきしです」

「でしたら、重装備で前衛に立たれてみては？」

「うう、動くのもあまり得意ではないんですが」

「分かりました」

何が分かってしまったんでしょう。

「でしたら、まずギルドで前衛の仲間を募集しましょう」

駄目だ！　前衛なんてほとんどが男じゃないか！

「それはだめだ。仲間はこれで十分だと思うし事情があって増やせない」

できたらセーラと二人きりがいいんだ。誰にも邪魔されたくない。

「ですが、二人では野営の際の見張りにも不便ですよ」

見張りはなんとかなる。というか「仲間」はたくさんいる。

「見張りは何とでもなるよ。ちょっと出かけよう」


二人で町の素材屋へ行く。なんかデートみたいでうれしい。

「素材屋ですか」

「召喚魔法を少し嗜《たしな》んでおりますゆえ」

羊皮紙と雷の魔石、ダイアウルフの牙を購入した。購入額にセーラがビックリしている。

「こんなに高価なのですね、そして何に使うんですか？」

宿に戻り、羊皮紙の上に雷の魔石とダイアウルフの牙を載せる。

「我契約を望むもの也、我が魔力にて現れたまえ　フェンリル」

フェンリルが具現化する。セーラはフェンリルの美しさに見とれていた。

「綺麗…」

君のほうがきれいだよ。

「我と契約を結べ。フェンリルの長《おさ》よ」

《契約主よ、あなたの下であれば光栄だ。魔力と引き換えに全てを行おう》

あれ？　ヘテロとかは契約内容が輸送と戦闘くらいしかなかったのに…。魔力が多くて契約内容にも影響が出るのかな。

「では召喚および維持の魔力と引き換えに、お前たちの出来る範囲で契約を結ばせてもらう」

《ありがたき幸せ。では召喚していただける事を心よりお待ち申し上げております。》

フェンリルは話ができるからいいね。レッドドラゴンもできたけど、あいつ無口だから雑談とか全くしてくれないんだ。ゴーレムは話すらできない。

「と、いうことで移動手段および見張りを手に入れた」

「見張りもですか!?　どれだけ魔力を持ってるんですか!?」

「まあ、フェンリル二体なら回復量の方が多い……かな？」

「………」

セーラのびっくりした顔もかわいい。

「あのう」

な、なんでしょうか。

「答えなくていいんですが、いや答えて欲しくないんですが」

嫌な予感。

「ホープ様って、レッドドラゴンとか召喚できたりしません？」

速攻でばれました。

＊＊＊

セーラの母親はシルフィードのギルド長らしい。名前はニア＝チャイルド。セーラは俺の正体を伏せたまま、昇格試験を受けて欲しいと言ってきた。さすがにFランクではどこも行けないとの事。せめてBランクがなければ霊峰《れいほう》アダムスの山頂へ入る許可が出ない。

「ハル……ホープ様でしたら余裕ですわ」

もう完全にばれている。しかし、ジギルの奴にアイアンゴーレムとレッドドラゴンの召喚を禁止されているので、昇格試験なんて無理だといったが、フェンリルで十分だと力説している。

仕方ないので、昇格試験を受けることにした。模擬戦の相手はAランク冒険者二人。この戦いによってどの程度の実力かを測って、ランクをつけるそうだ。審査員はニア＝チャイルド直々《じきじき》に採点するらしい。お義母《かあ》さんにいいところを見せねば。

「はじめっ！」

アークエンジェル三体とフェンリルの同時召喚、フェンリルに騎乗し後方に下がり、アークエンジェルを冒険者にぶつける！　と、思ったら……。

「それまで！」

攻撃が始まっていないのに、終了を告げられた。あれ？

「ちょっとお前たち、集合」

お義母さんが怖い顔している。セーラはなぜか呆れ顔だ。

「いいか、今見たものは忘れろ。噂が流れたらギルドの資格を剝奪するぞ」

Aランク冒険者二名が脅迫されている。

「さてと、どういうことか説明してもらいましょうか？」

いい笑顔なんだけど、怖い。

ギルド長室。綺麗に掃除されてて、使う人の心を映し出しているようですね。お義母さん。

「さて、単刀直入に言うと、何が目的なのかしら」

「ええと、お母さん。ホープさんはね、ある目的のために希少な素材を集めてて、霊峰アダムスにも入りたいからBランクの資格が欲しいなっと」

「そうなんです、お義母さん。実力が足りてないのは分かっているんですが、どうしても欲しい素材がありまして。それがないと命に関わるんです」

もう、アイシクルランスの氷の雨から俺を守ってくれるのはコキュートスだけなんだ。

「なぜ貴方も私の事を『おかあさん』と呼んでいるのか理解できないのだけれども」

はぁとお義母さんがため息をつく。疲れていらっしゃるのなら肩でも揉みましょうか。

「セーラ、任務なので言えないのは分かっていますが、この方はつまりはそういうことですね」

「ええ、お母さん。任務なので私も詳しい正体は知らされていませんが、おそらく間違ってないと思います。赤い感じです」

「やはり赤い方ですか」

なんの話をしているのだろうか。赤？

「セーラほどの優秀な騎士がたかだか貴族の護衛なんていったいどういう事かと思っていましたが、これは納得を通り越して娘の護衛をしていただいているようなものですね。完全にあなたでは力不足です」

「うう、お母さんもそう思いますか」

「お義母さん、よく分かりませんが僕は娘さんの護衛でしたら命をかけてやりますよ」

セーラさんは優秀ですよ。

「まあ、話は分かりました。とりあえずBランクのギルドカードを発行しましょう。実力的にはSを超えてますが、目立つ事はしたくないみたいですしね」

「ありがとう、お母さん」

ありがとうございます。お義母さん。

「ついでにあなたにもBランクをあげます。同じランクの方が何かと都合がいいでしょう。これを持って手続きしてきなさい」

「はーい」

セーラがギルド長室を出ていく。

「お母さん、ありがとう」

出ていく際にセーラはお義母さんへ一言。なんてかわいいんだ。

お義母さんはこちらへ向き直る。

「ええと、ハル……ホープ＝ブックヤード様でしたね。娘をよろしくお願いします」

「お任せください、お義母さん。娘さんは僕が命にかえてでもお守りします」

「それでは娘は任務失敗してしまいますね」

「ははは、そうですね」

「あと、これは依頼なのですが……」

ん？

「もし、ハルキ＝レイクサイド様にお会いすることがあればこうお伝えください。人類を救っていただきありがとうございました。あの戦場には夫も、娘もいました。私が今日こうして笑っていられるのはあなたのおかげです、と」

「分かりました。依頼の報酬はお義母さんの笑顔というわけですね」

「ふふふ、お義母さんと呼ばれるのは悪くないですね。あなたならアイシクルランスの「氷の雨」を防げるかもしれませんよ」

よっしゃ～!!　好感度良さげ！　そしてその話有名なんだ!?

ギルドを出ると夕方だった。近くの飲食店に二人で入り食事をとる。なんて幸せな時間なんだ。

「ではホープ様、今後の事を話し合いましょう」

「まってセーラさん、その前に俺はただのホープ＝ブックヤードだ。セーラさんに『様』をつけて呼ばれるような存在じゃない」

未来の旦那候補だからな。現在、絶賛立候補中。

「そうでしたね、ではホープさんとお呼びすればいいですか？」

「うん」

なんだ、この幸せな感じ。御飯が旨い。

「ではホープさん、今後の事を話し合いましょう。まず、ホープさんは並外れた召喚魔法の使い手ですが……」

そんな褒められても、うれしすぎるっ！

「他がほんと駄目ですね」

……ちーん。

「あ、先ほど魔力測定させていただきましたが、総魔力と召喚魔法に関してはもう天才を通り越して英雄の領域です」

英雄！　君だけの英雄でも構わないよ。

「ですが、アイアンゴーレムやレッドドラゴンを封印されるとなると、比較的中型の召喚獣をメインに使うことになりますね」

そうね。

「中型の召喚獣で周りを固めてもいいのですが、それでも召喚数がふえて消費魔力的に効率が悪いです」

そうですね。だから召喚魔法は人気がない。

「そこで、近接戦闘を取り入れるのがいいと思います」

近接戦闘か、でも運動は苦手なんだよな。

「特にワイバーンやフェンリルにまたがるレイクサイド召喚騎士団はシルフィード領の女騎士の間でも非常に人気があり……」

「やる！」

セーラさんに気に入られるためなら頑張るよ！

「そうと決まれば……」


その後、ジギルの館を訪問し、通信用魔道具でレイクサイドに連絡を取る。宛先はヘテロ。文面は『今すぐミスリルプレート一式とミスリルランスを持ってこい。ないならお前のをよこせ。明日の朝九時までなら待ってやる。分かっているだろうな。』だ。差出人は分からないはずだし、これでヘテロ以外に俺の居場所が伝わるはずがない。

翌日、町はずれの草原に二人は来ている。昨日はセーラと同じ部屋に泊まるという夢の世界だったため一睡もしていない。安宿からちょっといい宿へと替えて広めのツインで一泊だ。ヘタレすぎてなんもできてないし、いまだに興奮してて睡魔すら襲ってこない。

少しするとへろへろと飛ぶワイバーンがやってきた。八時四十五分。まあ、許してやろう。

「マジで勘弁ッス」

目の下にクマができたヘテロが言った。

「こう見えてもいちおうそこそこ偉いんスから」

「ああ、降格希望というわけだな。一兵卒から出直してこい」

「いや、なんでもないス。こちらお届け物ッス」

ドワーフ特製ミスリルプレートとミスリルランスを受け取る。

「あのう、もしかしてこちらの方はレイクサイド召喚騎士団第五部隊長のヘテロさんではないですか？」

セーラさんがこちらへ来る。

「自分を知ってるッスか？　そういうあなたはもしかしてシルフィードアイシクルランスのセーラ＝チャイルド様ッスね。うちの騎士団でも「シルフィードに舞い降りた奇跡」って有名でした」

「そんな、おおげさな」

「いえいえ、自分もそう思うッス……は、ハルキ様？　顔が怖いッス」

「俺はハルキではない、ホープ＝ブックヤードだ」

「う、すんません、ホープ様」

「用事が終わったのなら帰れ」

「そんな、レイクサイドから不眠不休で来たんスよ。ハル……ホープ様があんな伝言するから自分がホープ様の居場所を知ってることが皆にばれそうで大変だったッスから」

「そうですよ、ホープさん。お疲れのようですし、ゆっくり休んでいただきましょう。それにヘテロさんといえば、メノウ島掃討戦でフェンリル騎乗で大活躍された方ですし、ホープさんもフェンリルの騎乗を教えてもらえばいいんじゃないですか？」

そういえば、こいつフェンリルに乗り始めてそこそこ経ってるな。掃討戦も行かなくていいって言ったのにフィリップとウォルターと三人で暴れてたらしいし。

「まあ、そうだね。では、ヘテロ、教えろ」

「分かったッスよ。ところで、なんでホープ様はセーラ様と一緒にいるッスか？」

「護衛兼監視だ。ジギルがうるさいから仕方なくいてもらっている」

セーラさんに聞こえないようにこそこそ言ってみる。

「……ハルキ様、分かりやすすぎッス。シルフィードの領主に手玉に取られてるッスよ。まあ、気持ちはわかりますッスけど。失恋には新しい恋って言うッスもんね。まあ、安心したッス。あ、ヒルダの結婚式は滞《とどこお》りなく終わったッス。酔った勢いでハルキ様が失恋旅行に旅立たれたってばらしたら騎士団連中には大うけでしたッス。新郎は真っ青になってるし、ヒルダは早く言ってくれればよかったのにとか言ってたッス。フラン様は泣いてました。アラン様はちょっと怒ってたッスけど」

「よおし、今日は模擬戦をしようか。どちらかが死ぬまでだ」


それから一週間ほど、ヘテロはフェンリル騎乗に関して訓練をしてくれて帰っていった。その間もセーラとは同室だったがヘタレすぎて特に何もなし。むしろフェンリルを二十四時間召喚し続けているために二人と二匹で一つの部屋のようになってしまっている。

セーラも俺の召喚したフェンリルに乗って動くことが多くなるために一緒に訓練を受けてもらった。さすがにシルフィードが誇る騎士団アイシクルランスの一員だけあって、すぐに騎乗にも慣れた。対して俺は……

「くそう、なぜ耐えられん！」

どうしても落馬、いや、落狼してしまう事が多い。

《主《あるじ》よ、我が背を挟む内腿《うちもも》の筋力が足らん。》

「分かっとるわい」

いくらミスリル製とはいえ金属のフルプレートは重い。視界も兜《かぶと》で塞がれる。

「ホープさん、焦らずいきましょう。あなたはすでにこの世の誰よりも強いんですから」

セーラさん、マジで女神。

「しかし、そろそろ落馬は少なくなってきましたし、気分を変える意味でも依頼を受けに行きますか」

「そうだね。そうしよう」


この辺りのギルドでBランクといえばどんな魔物の討伐が多いのだろうか。

「Bでしたらレッドボアとかが一般的ですかね」

「ああ、あれ旨いよね。よく爺が一人で狩ってきてたから牡丹鍋《ぼたんなべ》にして食べたよ」

「さすが鬼のフランですね……」

「さて、何にするか……」

ギルドにフェンリルで乗り付け、玄関から入る。フェンリルに騎乗した二人のうち、一人はミスリル製のフルプレートであるし後ろは絶世の美女だ。注目されないわけがない。

「おい、あいつ今噂の黒狼の騎士じゃねえのか？」

「ああ本当だ。あいつだよ」

「俺この前草原であいつが特訓しているのを見てしまったんだ。狼の背中からすごい勢いで跳んで槍で突く技なんだが、あの速さは人間業じゃない」

やめて、それカーブで遠心力に耐えられず吹っ飛んでただけだから。

「いつも謎の美女を連れて人生勝ち組じゃないか」

「あんな巨大な狼を手なずけるんだから、努力も半端ないんだと思うぞ。まず大陸中探さないとあんな種類見つからない」

ええ、そこの素材屋に売ってました。

「ホープさん、ホープさん。あの人さっき私の事、謎の美女って言ってました。きゃー、美女ですって」

「セーラさんはどう考えても美女ですよ」

「またまた、ホープさんはお上手ですね」

さて、何が依頼に出ているのかなと。

「この辺りが無難じゃないかしら、レッドボアの群れの討伐とかロックリザード変異体討伐」

自然体で俺らの会話に混ざるお義母さんことニア＝チャイルド。

「う〜ん、なぜSランク任務をギルド長自ら持ってくるのかが謎ですが、お久しぶりです。お義母さん」

「今、Sランカーが少なくてね、お願いできないかしら」

「お母さん、目立つ事は避けるようにって言ったでしょ」

「大丈夫よ、依頼はBランクに下げて、報酬も少なめにしておくから」

「報酬が少ないのはだめじゃない」

「残りはあとで部屋に取りに来てね、用意しとくから」

「分かりました、お義母さん。頑張ります」


さて、思わぬ展開だったが、お義母さんの依頼だ。頑張るとしよう。

「すいません、母が迷惑をおかけして」

「いやいやセーラさん、むしろ本来だったら引き受けられない高ランクの依頼を受ける事ができたんだ。結果オーライだよ」

レッドボアの群れは霊峰アダムスの麓《ふもと》、ロックリザード変異体はそこからさらに山を登ったところにいる。


 だからぁ、すぐに調子に乗るなとあれほど言ったのに。

「フェンリルたちなら、今日中に到着できそうだね」

《問題ない》

「じゃあ、一応野宿の準備をして行きますか」

「それでは商店街のほうへ行きましょう」

フェンリルに乗っているとどこ行っても目立つ。もう慣れた。

「すいません、寝袋二つと野宿に必要そうな物ください」

「おおぉ!? なんだ、兄ちゃんのオオカミか？ すごいな」

「あぁ、驚かせて申し訳ない。それで、二人分の野宿セットを」

「ああ、すまない。それだったらこれがお薦めだ。テント一つに寝袋二つに簡易調理用の鍋とコンロ、意外と重宝《ちょうほう》するのがこの携帯スコップ。テント設置の際にもトイレの際にも土を掘った方がいいからな。伸縮自在の持ち運びに便利な道具だ。あとは使い捨て用の布がたくさんあれば色んな所を清潔に保てるが……。水や火種は携帯するか？ 魔法でなんとかするか？」

「ああ、水とかは魔法でなんとかします。使い捨て用の布はたくさん欲しいですね」

この世界にはティッシュがないからな。トイレの後ももちろん布だ。

「ああ、旅の最中に体が汚くなってしまうのは仕方がないが、できるだけ清潔に保つ事は重要だ。入れ物はどうする？ 馬というか兄ちゃんの場合は狼か、それに括《くく》り付けるタイプの鞄にするか、自分で背負うタイプにするか？」

これは悩みどころである。召喚獣は二十四時間召喚していない可能性も高いのである。しかし、重いのは鎧だけで十分だ。

「括り付けるタイプをお願いします」

「じゃあ、これがお薦めだ。できれば両サイドが同じ重さになるように入れてくれ。馬というか狼のバランスが崩れるからな。全部で銀貨一枚と銅貨八枚だ」

「はい、じゃあこれ。ありがとうございました」

「ああ、ありがとうよ。また来てくれよな」

宿に持って帰るとセーラが鞄の補強をしてくれた。

「どうしても買った物では強度が足りない事も多いですからこうやって補強するんです」

裁縫もできるなんて、いいお嫁さんになれるよ。他にも足りない物を買い込んで、明日に備える事となった。


「フェンリル一号、俺はやはりヘタレなのだろうか」

《うむ、主は発情しているのか？　主ほどの者ならば求愛すればどんなメスでも一発だろう。》

　だからぁ、すぐに調子に乗るなとあれほど言ったのに。

《まあ、人間の事はあまり分からんが他の連中に比べるといざという時の求愛が足らんのだろう。》
「二号まで、そういう事を言うか…」
夜中、セーラさんが寝ている横で眷属に恋の相談をする召喚士なんていねえよな。

翌日、俺たちは霊峰アダムスの麓に向けて移動した。フェンリルに固定した荷物は鞄の強度が上がっていた事もあり、かなりの速度を出しても外れることはなかった。調子に乗っていたら昼過ぎには麓の村についてしまった。

「こんな事だったら、さっき昼食をとらなくても良かったですね」

そんなことないよ、セーラさんの手料理おいしかったよ。干し肉の刺身と水魔法のミネラルウォーター。

《主よ、セーラ殿は単に携帯食を取り出しただけではないか。料理はしてな…》

「うるさい、黙れ一号」

「さてさて、話を聞きに行こうか」

町でもあんなに目立っていたわけで、フルミスリルでフェンリル騎乗の冒険者が村長宅を訪ねると、すぐに人だかりができ始めた。

「依頼を受けてきたホープ＝ブックヤードです。レッドボアの群れの情報を知りたいんですが」

フェンリルから降りて、村長宅に入る。依頼の受任表をみて、村長はかなり緊張した面持ちだ。受任表にはSランクって書いてあるからね。

「はい、依頼を受けていただきありがとうございます。レッドボアはここから東の草原地帯で大発生中でして、例年の十倍以上の数が確認されています。最近ではこの村の近くにも頻繁に顔を出すようになり……、ただこの村にはレッドボアを討伐できるほどの冒険者はあまり来ないものですから、シルフィードまで依頼させていただきました。まさかこんなに早く来ていただけるとは」

東の草原ね。

「では、今すぐ向かいますんで」

「今すぐですか、ありがとうございます」

「今日はみんなで牡丹鍋を食べましょう」

「へ？」

「レッドボア、おいしいですよ」

「ホープさん、そればっかりですね」

今日は日が落ちるまでに帰ってくる予定なので野宿セットは村において行くこととする。宿の手配をお願いして俺たちは東の草原へとフェンリルを走らせた。

小さい森を抜けると村長の言う通り一面の草原が見えた。左には霊峰アダムス。かなり綺麗な景色だ。

「景色が綺麗ですね」

セーラさんほどじゃないけどな。

《主よ、さっそくだ》

数百メートルほど先にレッドボアがいた。体長三メートルくらいある。それも二匹。

「行きますよ、ホープさん！」

フェンリル二号がセーラを乗せてレッドボアへ一直線だ。なんで魔力でつながってないのにあんなに息ぴったりなんだろう。

「一号！　俺たちも行くぞ！」

ミスリルランスを持ち直す。今回の目標はフェンリル以外の召喚なしでの戦闘だ。フェンリル騎乗に必要なのは専用の鞍だ。これはヘテロに取りに行かせた。左手で手綱を持ち、右手でランスを持つ。フィリップなどの猛者《もさ》は手綱を持った左手にバックラーまでつけている。実はワイバーン騎乗でもやっている事は同じだ。

「突進は危険だ、まずは避けろ」
《承知》
一号がレッドボアの突進を左側に避ける。ものすごい力が加わって振り落とされそうになるが、太腿で踏ん張って耐える。レッドボアとすれ違いざまにミスリルランスを突くわけだが、こんな状態で狙いが定まるわけがない。背中をなでるように切っただけでレッドボアには特にダメージはなさそうだ。
《主よ、しっかり摑まっているのだ》
一号が跳躍し、レッドボアの背後を取る。その跳躍で俺も飛んでいる。なんとか振り落とされずにすんでいるが。レッドボアの後ろ脚に一号が嚙《か》みついた。たまらず転倒するレッドボア。おいおい、レッドボアよりフェンリルが強いじゃないか。立ち上がるが、後ろ脚の負傷でロクに走ることの出来なくなったレッドボアを翻弄《ほんろう》しながら、隙を見てはミスリルランスで突いていく。かなり時間はかかったが、最終的にレッドボアは動かなくなった。
「そんなに落ち込まないでください」
今、俺は現実に打ちのめされている。実は戦闘開始直後、二号とともにもう一頭のレッドボアに向かったセーラさんはすれ違いざまに右前足を長剣で切断。転倒したところを二号が喉笛に嚙みついて、戦闘終了。と瞬殺していた。

その後は血抜きと毛づくろいをしながら俺の戦闘をぼんやりと眺めていたらしい。というか、二号は毛づくろいの必要ないだろ。

「俺ってなんのために生まれてきたんだろうか。何やってもダメだ」
今は二匹のレッドボアがあまりにもでかすぎるためにクレイゴーレムに運搬させているところだ。
《主よ、主にはその魔王にも匹敵する魔力があるではないか》
《そうだ、主よ。誇ってよいのだ。我らにみなぎるこの魔力を見ろ》
一号よ、二号よ……クレイゴーレムまで親指立ててくれている。
「そうですよ、ホープさんはホープさんらしくて良いんです」
セーラさんが優しい。まるで聖女様だ。

クレイゴーレムがレッドボアを持ってきたので村中大騒ぎだった。指定された所にレッドボアを置いてクレイゴーレムを還す。フェンリルは二十四時間継続のままだ。
「まずは二頭討伐してきました。明日また討伐に向かいますね。あ、ホープさんは放っておいてあげてください」
「…どうせ俺なんか…」

村では牡丹鍋の用意が始まってるらしい。旬の野菜を入れた鍋は調味料こそこちらの世界のものだが、おいしかった。

「ほらほらホープさん、ホープさんのおかげでとれた猪肉《いのししにく》ですよ。おいしいですよ」

「うん、セーラさん。おいしいよ」

さすがにフルミスリルで御飯は取れないから脱いでいる。俺の体格があまりよくない事に村人が驚いて、さらに俺がへこんでいる。

こうして初めての依頼はほろ苦いものとなったのであった。


次の日もレッドボアの討伐へ行った。

「ホープさん、まだ落ち込んでるんですか？　昨日のは二号さんが強かったからですよ。その二号さんを召喚してるのはホープさんなんですから」

昨日と同じ醜態を晒すわけにはいかない。

「頼むぞ、一号！」

レッドボアはすぐに見つかった。俺はフェンリルの上で槍を構えなおす。

「一号よ、どうにかしてセーラさんにいいところを見せられないか？」

《承知した。振り落とされないようにしがみついていろ》

フェンリル一号が駆け出す。今のところレッドボアは一頭だけだ。これをきちんと仕留めるんだ。
《跳ぶぞ》
え？　跳ぶ？

次の瞬間、フェンリル一号は跳躍した。レッドボアが突進してきているがそれを避けたのだ。直進しかできないレッドボアが慌て始める。レッドボアの後ろに着地したフェンリルがレッドボアに襲い掛かった。
《今だ、槍で突け》
一号の言う通りにミスリルランスでレッドボアを力いっぱい突いた。ぶ厚い皮膚になかなか刺さらない。体を捻《ひね》ろうとするレッドボアを一号が押さえつけ、常に背後にいる状態にしている。後ろ脚の蹴りを上手いこと躱しているのがすごい。
「とりゃあ！」
何回か突いているとレッドボアが弱ってきた。
《主よ、いったん離れるぞ》
一号が距離を取る。血だらけのレッドボアはすでにふらふらだ。
《次はすれ違いざまに突け。槍をまっすぐにな》
完全に一号先生の言う通りにしている生徒さん状態である。しかし、今のところはそれでいい。傍目《はため》には分からないはずだ。セーラさんから見たらきちんと戦っているように見えるだろう。ふへへ。

「行くぞぉ！」

結局、この日は二頭のレッドボアを狩ることができた。

連日のレッドボア狩り。しかし、ここに来て問題が出てきている。

「ホープさん、村の人たちだけでは人手が足りないようなので私も手伝ってきますね」

レッドボアの肉の処理が追い付いていないのだ。毎日二、三頭を狩ってきているから村人総出でも処理しきれない。

「あ、じゃあ今日は狩りを中止して俺も手伝うよ」

実は単純作業には自信があるんだよ。俺がやるわけじゃないけど。

「まさかホープ様も手伝ってくれるのですか⁉」

作業場では村人がかなりの人数で肉に塩をもみこんだり解体をしたりしていた。解体作業場には独特の臭《にお》いが立ち込めている。

「ああ、やる事を指示してくれたら手伝えるよ」

「ありがとうございます！　ホープ様たちのおかげで我が村はかなり潤う事になりそうですよ。まさか、討伐したレッドボアの肉を無料でいただけるなんて」

今レッドボアの肉があっても俺達には必要ないもんね。無駄に腐らせるくらいならば村の人たちの臨時収入にしてもらったほうがいい。

「依頼料どころか、その数倍の臨時収入になりそうですな」

村長は満面の笑みである。

「それで、どこを手伝えばいいのかな？」

「あ、できましたら解体の人出が全く足りてなくてですね」

「了解した。いでよアイアンドロイド！」

「え？」

アイアンドロイドを十体ほど召喚する。今日は狩りにはいかないから魔力の事を気にする必要もない。

「アイアンドロイドたちよ、あれ、解体しといて」

誰が自分でやると言った？　しかし、十体のアイアンドロイドは一時間もしないうちにすべてのレッドボアを解体し、さらには肉の処理も午前中に終わらせてしまったために、俺は本日も狩りに出る事になってしまった。あいつら意外と優秀だな。

＊＊＊

「冷静になると、そろそろ飽きてきたよね」

すでに三十頭以上のレッドボアを討伐し、村の男たちはシルフィードの町に肉を売りに行くために大忙しだ。だが、ここで俺はシルフィード領ではなくてレイクサイド領の次期領主であった事に今更気づく。ジギルの野郎を潤わせてどうするんだ？

「私はシルフィード領の人間なので、これはこれで嬉しいんですけどね。税収が上がるのでしょう？」

そうだね、セーラさん。君が喜ぶのであれば俺はいつまでもレッドボアを討伐していよう。

「でも、そろそろロックリザードの変異体も討伐しないといけないですよね」

たしかに、お義母さんからの依頼をすっぽかすわけにはいかない。

「よし、じゃあちょっと群れを撲滅《ぼくめつ》してくる」

「そんな、お使いに行くような言い方で……」

いつもの狩場へフェンリルで向かう。今日はちょっと本気出そうかと思ってるんだ。

「アークエンジェル！」

天使型召喚獣のアークエンジェルを召喚する。まだまだレッドボアは生息している。まだ二十頭近くはいるのではないか？　いつもは二、三頭のはぐれた奴を狙っているが今日の目標は全頭だ。群れを形成している所に突撃させる。アークエンジェルの戦闘能力はかなりのものだ。レッドボアですら一撃で倒していく。

「すごいですね」

「クレイゴーレム！」

倒したレッドボアはクレイゴーレムに運搬させることにした。クレイゴーレムが近くの木を伐って先を尖らせてレッドボアを串刺しにしていく。アークエンジェルがすべてのレッドボアを狩ったので、さすがに全部を一度に運搬させる事はできなかった。クレイゴーレムの二体召喚はまだちょっと魔力が足りない。

「うし、急いで運ぼう」

その日、今までとは比較にならない量のレッドボアが運び込まれた村では村長が卒倒したらしいが、俺の残りの魔力を全てつぎ込んだアイアンドロイドたちがあっという間に肉の処理を終わらせたために、早めの宴《うたげ》を行う事になった。酒は旨かったけど、もう豚肉は食べ飽きたな。明日からシルフィードの町へ売りに行く人員を増員するそうだ。村長にはあくまでこれは臨時収入だから生活の質を上げないように注意しておいた。

　だからぁ、すぐに調子に乗るなとあれほど言ったのに。

「霊峰アダムスからの景色は最高ですね」

次の日、ロックリザード変異体の目撃情報のある場所へと向かう。フェンリルに乗ってセーラさんと共に移動すると心が落ち着くね。ここから先は山頂に近づき、高度が上がる事もあって気温が低くなっていく。防寒具は持ってきているが、フェンリルが暖かいためにずっと背中にしがみついている。

少し走っていると、あまり木々の生えていない場所に出た。この先にロックリザードの変異体がいるらしい。

「ロックリザードであればBランクなのに、Sランクまで上がってしまうなんてどういう事なんでしょうか？　事前情報ではあまり体の特徴はなさそうでしたけど」

「もしかしてめちゃくちゃデカかったりして」

「まさか、ロックリザードがそのまま大きくなったら手に負えませんよ」

背中が石の塊のロックリザードがそのまま大きくなると背中は岩という事になってしまう。そんなでかい岩のかたまりが動いていたら普通の冒険者では対抗手段がないだろう。

「でも、つまりはそういう事だよね」

結構向こうの方でズシンズシン言わせながら歩いているでっかいトカゲがいる。背中にはごつい岩が……。

「どうしましょうか、ホープさん」

「そうだね、ここなら誰も見てないからアイアンゴーレム召喚してもいいかな？」

「私は何も見てませんから、大丈夫じゃないでしょうか」

結局、ロックリザード変異体はアイアンゴーレム二体でタコ殴りにした。

＊＊＊

「デレデレしすぎッス。ヒルダにばらすッスよ」

開口一番それか。ヒルダは幸せになっただろうか。いや、ヒルダの夫は優秀だから幸せに違いない。名前忘れたけど。

「だいたいハルキ様はなんでまだこんな所にいるんスか？」

それはシルフィード領との友好のためだ。セーラと結婚すれば両領地にとってとても強いつながりができるじゃないか。シルフィード領は大領地だ。

「レイクサイドには仕事が山積みッス。今年も収穫祭に出ないつもりッスか？　ハルキ様が戻らないとフィリップ様の独壇場《どくだんじょう》ッスよ」

まだ帰るわけにはいかない。フィリップには、早く嫁をもらわんと王都ヴァレンタイン上空で嫁募集の垂れ幕をつけたレッドドラゴンを召喚すると言っておけ。

「そんなに結婚したいんなら正式に申し込めばいいじゃないスか。天下のレイクサイド領次期領主、紅竜ハルキ＝レイクサイドの求婚を断る女なんていないス」

いや、まだ俺にはその資格がないらしい。

「なんスか、その資格て」

それはだな。

「アイシクルランスの伝家《でんか》の宝刀《ほうとう》、「氷の雨」を単身で防ぎきる能力が必要なんだ」

「意味わからんス」


セーラさんが護衛兼監視の報告書を出しに行くと言うので、ちょうどヘテロが定期的にやってきている日にしてもらった。さすがにセーラさんは二号を置いて行ったので、今日はヘテロと共に二人と二匹で近くの飲食店で飯を食っている。

「おい、あれ黒狼の騎士じゃないか、ミスリル装備じゃないけど。あんな顔してたんだな」

「隣にいるのはいつもの謎の美女セーラじゃないな、どっかで見たことあるけど」

「おいおい、まさかあれレイクサイド召喚騎士団のヘテロじゃねえか？」

なんでこいつといると正体がばれそうになってるんだ？　アイシクルランスのセーラの方がここじゃ有名だろうに。ああ、マントにレイクサイド領のマーク入ってる。

「ヘテロっていうと、鉄巨人フィリップ＝オーケストラに次ぐ戦績をだした『フェンリルの冷騎士』ヘテロだろ？」

なんだ、その二つ名は？　厨二病が蔓延《まんえん》している。

「平民出身にも拘《かか》わらず、ハルキ＝レイクサイド以外には誰であっても従わない鉄の意志を持ち、戦い方は冷酷無比、メノウ島奪還作戦で殲滅した魔人族は数知れず。ヘテロのフェンリル三体召喚には味方ですら戦慄したと言われている。主の命令は何があっても必ず遂行し、ハルキ＝レイクサイドに面会を申し込んだジギル様もフラット領のジルベスタ＝フラットですらもヘテロに追い返されたことがあるらしい」

何してたの⁉　お前⁉

「今は王国全土を召喚したワイバーンで飛び回り、ヘテロの情報には一言千金の価値があるとまで言われている王国の重要人物だよ」

「でも、なんか黒狼の騎士に対しては腰が低そうだぞ」

「意外とあの狼はフェンリルだったりして」

「ばか、そしたらどんだけ魔力いると思ってんだ。常に召喚し続けるなんて並の魔力じゃできないぞ」

「だから、黒狼の騎士の正体はハルキ＝レイクサイドだったりしてな」

ぶぼぉ⁉

「ちょ、汚いッス⁉」

「ああ、すまん」

「そういえば、頼まれてた件ッス。ヒルダが調べてくれたッス」

資料を受け取る。これはコキュートスに関する資料だ。

「なになに、やはりシルフィード領にはコキュートスに関する伝承が多く残っているみたいだな。……ほう霊峰アダムスの近くのエルフの集落にコキュートスを祀《まつ》る村があると」

「今度は何してるッスか？」

「ああ、「氷の雨」を防ぐには氷の大精霊を召喚すればいいんじゃないかと思って」

「……さすがハルキ様ッス。スケールが違いすぎて、自分みたいな凡人には思いつかないッスよ」

「だろ？」

「いや、呆れてんス」

「…………」

その日、レイクサイド召喚騎士団第五部隊隊長、「フェンリルの冷騎士」ヘテロが街中でヘッドロックをかけられ、頭をぐりぐりされてたという噂が流れ、後日レイクサイド領から鬼のフランを隊長とした調査団が押し寄せてくることになるが、その時にはホープとセーラと、むりやり連れていかれたヘテロはエルフの集落へと旅立った後だったという。

「ハルキ様、やばいッス。フラン様にばれたっぽいッス」

エルフの集落に行く途中に、俺は食事中の茶碗を落としてしまった。今、ここは樹海のど真ん中であるが、携帯用でないコンロに大きな鍋、各種揃った食器にテーブル、椅子、大きなベッドが存在する素敵空間である。ついでにヘテロという名の給仕も無給で雇っている。すべてヘテロのワイバーンに括り付けた大型輸送用コンテナ、通称「小屋」に入れた家具だ。滑らないようにそれぞれ床に固定されている。この小屋を作るのに数日掛かったが、有り余るヘテロの財力とヘテロのゴーレムを駆使した労働力で作り上げた。

「それはまずいですね。ホープさん。でも、なんでホープさんはフラン様からお逃げになってるんですか？」

先ほどまでヘテロは近くの集落まで通信用魔法具の確認で離れていた。

「そ、それはある目的のために……」

「最初、ハルキ様は失恋旅行中だったッス」

「な!?　ヘテロ！　てめえ!?」

「まあ、そうだったんですか」

「でも、もう大丈夫ッス。ただ、フラン様に捕まると強制的にレイクサイドに帰んなきゃ

　だからぁ、すぐに調子に乗るなとあれほど言ったのに。

なんないスから、今の目的が果たせないッス」

「今の目的はコキュートスでしたね！」

「そうッス。そのコキュートスが必要なのはアイシクルランスの『氷の雨』を……」

「ノーム！　あいつを拘束しろ！」

百匹を超えるノームがヘテロを押しつぶす。

「ぶわっふ！　これは洒落《しゃれ》になんないッスよ！」

「なんでアイシクルランスの『氷の雨』がここで出てくるんですか？」

「ん～、なんでだろうね～。俺には分からないや」

「それよりも、ホープさんが失恋したという相手の事に興味があります！」

やめて！　もう堪忍やでぇ！


「いや～、ハルキ様のノームは普通のノームより力強いんスよね。実際、今でもあの攻撃にどう対処すればいいか思いつかないス」

「そろそろエルフの集落じゃないか？」

小屋を降ろしてフェンリルで集落に近づく。門番が最初慌てていたが、フェンリルの上に人間が乗っていたために攻撃はされずにすんだ。

「ホープ＝ブックヤードと言います。集落の長はおられるか？」

エルフの集落は人里離れた場所に隠れ住むように形成されていた。これは昔からある差別が原因でできるだけ純人に近づかないように生きているのだという。

「純人が何の用だ？」

村長の家に通された三人はあまり歓迎されていないようだ。

「フェンリルの召喚は久しぶりに見た。おぬしが二頭を召喚しているようだな。もう一頭とは魔力の質が違う」

「さすが、エルフは魔法には詳しいですな」

「実は魔法だけではない。人間社会の事も知っておらねば生きていけまい」

「まあ、そうだと思います。ところで、ここに来た目的なんですが……」

「基本的に我らは純人には協力せん。例外はあるがな。それに、偽名をつかった客を信用せいと？」

「ほう、なぜ私が偽名だと？」

「このような辺境の人里であろうが情報は必要だ。人間社会には我々の協力者が何人もおる。最近の純人や純人に協力するものは召喚魔法を好まぬ。ましてや、あのようなフェンリルを召喚できるものなぞ、エルフの中でも数えるほどしかおらんはずだ」

「それで？」

「お主がもし、わしの思う人物であったならば協力せんこともない。魔人族に大陸を蹂躙されてはわしらも困るでな」

こいつら、裏ではジギルたちと協力関係にあるのか。ふむ。

「まあ、ばれているようだけど、ちなみに誰だと思っているか確認してもいいか？」

「紅竜」

「まあ、そうとも呼ばれているな。誰にも言うなよ」

「……孫には自慢しても良いか？」

「…………」

コキュートスに関しての情報は手に入れることができた。毎年、祭壇を作って祀っているそうだ。祭壇に供えるものは「霊峰アダムスの万年雪」「氷の魔石」「ロックリザードの皮」「怪鳥ロックの羽」だそうだ。ただし、本来の儀式は怪鳥ロックの心臓で行うとのことで、契約の儀式には心臓が必要ということが予想された。

「セーラ様の前ではヘタレなのに、ああいう場ではめちゃ強気ッスね」

うるさい、黙れ。

「いえいえ、ハルキ様とっても格好良かったですよ」

おっ！　セーラには好感触！　というかいつの間にかホープじゃなくなってる。

「それにしても怪鳥ロックってどこにいるッスかね」

いま、俺たちは怪鳥ロックを探して霊峰アダムスの山頂に向かっている。もはや正体がバレているため三人ともワイバーンに乗っている。ちなみに俺はセーラと二人乗り。

「ロックリザードの皮はこの前の討伐したやつが残ってたはずだし、氷の魔石も問題なし。あとは怪鳥ロックの心臓とアダムスの万年雪か。ロックリザードの皮と羊皮紙をこっちに持ってきた方が雪が溶けずに済みそうだ」

「ういス、そしたら自分が取りにもどるッスか？」

「そうだな、よろしく」

「了解したッス。では後程あの集落で待ち合わせるッスよ」

「ああ、明日までに頼むな」

「げぇっ⁉　間に合わないッス‼」


ヘテロと別れてアダムスの山頂付近をぐるっと回る。万年雪はたくさん見えるけど、今採取しても溶けてしまうだけだから準備が調ってからだ。

「おそらく、生息しているとすれば、この辺りなんだが……」

山頂を通り越して、裏側の急斜面地帯に差し掛かる。実はシルフィード領はかなりの面積があるため、この先は我がレイクサイド領に隣接している。このままセーラを連れて凱旋したらどうなるだろうか。

《主よ！　上だ！》

不意にワイバーンから敵襲を察知した意志を受け取る。気付かないうちに大きな影の中に入ったようだ。しかし、ここは霊峰上空。影ができるとすれば…。

「思ったよりもでかい！」

怪鳥ロックが上空からワイバーンを襲おうとしていた。

＊＊＊

ヘテロッス。ここはシルフィードの宿ッス。今、自分は人生最大の危機を迎えているッス。

「さて、では説明をしていただきましょうか？」

「鬼」のフランの異名は伊達じゃないッス。まさか自分の召喚したフェンリルよりも足の速い人間が存在するとは思わなかったッス。

「まず、ハルキ様がいままで何をされていたか。今どこで何をされているか。簡潔に答えなさい」

フェンリルで逃げれないからワイバーンに乗りかえて空に逃げたはずなのに、あの跳躍力はなんスか？　あんな上空から蹴り落とされて、アイアンドロイドの召喚が間に合わなかったら死んでたッス。しかもあいつらめっちゃ硬いから受け止められた時に背骨が折れるかと思ったッスよ。

「ハ、ハルキ様は戦争直後にここシルフィード領に来られたッス。おそらく、フラン様をエル＝ライト領辺りで撒いたって言ってたッスから。自分はなんとなくそんな気がしてこの町を張ってたらシルフィードの町はずれの草原でようやく捕獲できたッス」

「なぜ!?　その時に連れて戻らなかったのですか？」

ひいぃぃいいぃ！　ペンドラゴンしまってくださいッス。

「ハルキ様はヒルダの事が好きだったッス。戦争の帰りにヒルダが旦那さんと仲良くて、それを聞かれたフィリップ様が今度結婚する予定だなんてハルキ様にばらしちゃったもんスから。ハルキ様あんなに頑張ったのに他の貴族にディスられて疲れてたところに失恋なんてしたもんだからかわいそうだったッス」

ヒルダ！　ヒルダのせいでもあるんスから、照れてないでフラン様を止めて！

「それで？　今は何をされてるんでしょうか？」

「い、今はセーラ様と一緒にコキュートスの契約素材を集めてるッス！」

「コキュートス？」

お、フラン様の勢いが止まったッス。これは助かるかも。

「そうッス！　四大精霊の一つコキュートスッス。この前ヒルダに調べてもらった奴ッス」

「ああ、あれですか。霊峰アダムスに住むエルフの集落にコキュートスを祀る部族がありましたね」

「それッス。今、その集落から帰ってきたところッス。氷の魔石とロックリザードの皮が宿に置いてあるから取りに来たッス」

「……それで、そのセーラ様という方の説明と、コキュートスとの契約のいきさつを続けなさい」

あ、これまずいかもッス。ジギル＝シルフィードにいいように転がされてるから……。

「セ、セーラ様はジギル様がハルキ様の護衛に付けたアイシクルランスの騎士ッス。騎士団の人気者で、セーラさんと結婚する人はアイシクルランスの氷魔法集中砲火型戦術『氷の雨』を単身で防げないとジギル様に認めてもらえないッス。ですので……ハルキ様は……コキュートスならいけるとか……なんとか……、ちょっと！　なんでヒルダまで機嫌が悪くなってるッスか⁉　テト⁉　笑ってないで助けるッス‼」

「ぶえぇっくしょん‼　ううっ！　寒気が……」

なんか誰かが噂している気がする。

「防寒具持って来ればよかったですね」

霊峰アダムス山頂。怪鳥ロックに襲われ、逃げ回っていたワイバーンが、

《主よ、正直私では荷が重い。》

なんて言うもんだからついレッドドラゴン召喚してしまった。心臓取り出さないといけないからファイアブレスを禁止したのに、

《面倒くさい》

とか言って怪鳥の丸焼き作りやがった。中まで火が通っていなかったから良かったものの、れっどらの奴め……今度召喚したら文句言ってやる。

心臓を取り出すことができ、そのまま野宿してからようやくエルフの集落に帰る所である。

「ヘテロさん、もう着いてますかね」

「まあ、多分着いてると思うけれども」

まあ、ヘテロの事だ。抜かりないだろう。

しかし、集落に帰ってもヘテロは居なかった。そこにはロックリザードの皮と氷の魔石、羊皮紙、それに書置きが残されていた。

『ハルキ様　所用ができましたので先にシルフィードまで帰ります。宿で待ってますので絶対に帰ってきてください。絶対ッス。　　　貴方の大切な部下　ヘテロより』

と書かれていた。

あ、これフランたち来てるな。当分、シルフィードには帰らないようにしよう。

素材を持って霊峰アダムスへと戻る。万年雪は集落からすぐの所に存在した。すべての素材を羊皮紙の上に乗せ、呪文を唱える。

「我契約を望むもの也、我が魔力にて現れたまえ　コキュートス」

次の瞬間、日差しを遮るほどの巨体が現れた。全身を氷で覆われた巨人、氷の大精霊コキュートスである。大きさはレッドドラゴンよりも一回り大きい。アイアンゴーレム二つ分はあるかもしれない。

《人間に呼び出されたのは何年ぶりなのであろうか。》

「コキュートス、聞きたい事がある。お前には氷属性の破壊魔法は効果があるか？」

《我は氷の大精霊。氷属性の破壊魔法は効かぬ。》

「よし、契約を結ぼう。魔力と引き換えに何を望む？」

《我も世界に興味がある。できうる限りの事をしよう。》

「では、召喚と維持の魔力と引き換えにできる範囲の事柄で契約を結ぶ」

《ああ、召喚されるのを待っておるぞ。》

「契約成立だ」


「やりましたね！　ハルキ様！」

「ああ、ありがとうセーラさん。ここまで頑張れたのは君のおかげだよ」

「いえいえ、ほとんどハルキ様のお力ですよ」

「帰ったら、君に伝えたいことがあるんだ」

「……分かりました。お待ちしていますね」

おお⁉　いい雰囲気じゃん⁉　こうなったら早く帰ろう！

貴族の求婚はまず本人たちの意志の確認ではなく、親もしくは領主の許可が必要となる。この許可を得たものだけが求婚してもよいというのがマナーらしい。今回はセーラの父親には面識がないためにまずはジギルに許可を求める事にしよう。

　ワイバーンに乗って、まずはエルフの集落へ戻る。本当はシルフィードに戻るべきなんだが、今は爺たちが来てる予感がするんだよな。邪魔されないためにはどうするべきか……。と、考えていると集落のはずれにヘテロが放置していった小屋が見えた。


　だからぁ、すぐに調子に乗るなとあれほど言ったのに。

「なんか、変だな」

違和感を感じる。ヘテロならば、あんな感じに小屋を放置しておかない。持って帰れなくてももう少し綺麗に整えておくなり分かりにくい場所に移動させるなりしてから帰るはずだ……。つまりは……。

「やばい！　上がれ!!」

間一髪、村長の家の屋根を足場に跳躍したフランを回避する。ワイバーンは上昇するが、フランの跳躍力は半端ない。再度こちらに向けて跳躍してきた。

「坊っちゃま！　お覚悟ぉぉ!!」

ええい！　こんな所で捕まってたまるかぁ！

「ノーム！」

十体のノームがこちらを蹴ろうとしているフランの関節にまとわりつく。

「ぐぉぉぉ！　おのれぇぇぇぇ！」

ノームに巻きつかれた状態のフランはワイバーンに乗った俺たちに当たることなく、村のため池へと落ちていった。どぼーんという間抜けな音が後方より聞こえる。

「ハルキ様！　お戻りください！」

「ハルキ様！　行かせないよ！」

二体のワイバーンが後ろから襲ってきた。

「ヒルダ!?　テト!?」

ぼそっとセーラが「あれがヒルダさんか……」とか言ってるけど、それどころじゃない。

二体のワイバーンはなかなか速く、どうやっても撒くことができない。そのうち、ヒルダやテトの破壊魔法が飛んでくるようになった。あいつら、いつの間にワイバーン騎乗のまま攻撃なんて高等技術を!?

「ええい！　アイアンドロイド!!」

アイアンドロイドを四体召喚する。それも二体のワイバーンの翼の付け根にそれぞれ一体ずつ。

「きゃー！」

「ちょ、待ってー！」

ワイバーンは翼の動きを制限され、錐もみしながら落ちていった。

「達者でなっ!!」

危ないところだったが、なんとか切り抜けたようだ。

「ハルキ様〜、大丈夫ッスか〜？」

ヘテロのワイバーンが追っかけてきた。ワイバーンばっかだなおい。

「生きてたか」

「もうダメかと思ったッス。ペンドラゴンが夢に出てきそうッスよ」

「奴らはなんとかした。このままシルフィードの領主館まで行くぞ」

「お供しますッス」

ワイバーンよ！　とばせっ！

＊＊＊

私の名前はロラン＝ファブニール。シルフィード騎士団アイシクルランスの団長を務めている。僭越《せんえつ》ながらマジシャンオブアイスの称号を頂いており、氷魔法に関しては自信を持っている。

しかし、世の中には私よりも秀でている者はいるものだ。私もまだまだ精進せねばなるまい。

私が認めている人物が何名かいるが、もちろん筆頭は我が主ジギル＝シルフィード様だ。ジギル様の統治能力は一名の例外を除いて他に類を見ないほど優秀で、先代が亡くなられた際に弱冠二十一歳であったジギル様はこのシルフィード領をさらに豊かに発展させた。私はジギル様が設立した「アイシクルランス」の騎士団長に抜擢された。そして魔人族襲来における防衛戦で、迫りくるギガンテスの部隊を片っ端から撃破するという功績をあげ、全国にシルフィード領の名を轟《とどろ》かせたものだ。

次に認めているのがニア＝チャイルド。実は彼女は元妻である。今でも愛しているが、どうしてもシルフィード領のギルドを掌握するためにファブニール家にいるわけにはいかなかったのだ。仕事と夫を選ばせた結果、彼女は仕事を選択した。ファブニール家には少し変わった風習があり、嫁いできた女が次の当主に選ばれることになっている。兄たちが戦争で死ななかったら、ニアが当主にならなければならない状況などできなかったのだが、弟の嫁に当主を譲るためには形式上でも離婚をしなければならなかった。同様に当主の権利を放棄するということで娘のセーラもチャイルド姓を名乗らせている。

シルフィード家の家系は少し複雑であるが、ジギル様には二人の弟君と三人の妹君、そして二人の従弟《いとこ》がいる。実は、この従弟の一人にサイセミア＝シルフィードという男がいるのであるが、私がまだ騎士団長ではなかった頃にセーラと婚約をさせてしまっていた。ジギル様の伯父にあたる方からの依頼というか、ほぼ命令であったのだが、あの時命に代えてでも拒絶しておけば良かったと思わない日はない。

ジギル様はそんな私の心情を汲《く》み取ってかセーラを気にかけていただき、本気か冗談か

「セーラの結婚式には新郎にだけ『氷の雨』を降らせることにしよう」と何度も発言されている。これはサイセミアには娶《めと》らせないと言ってくださっているのだ。いい機会があれば婚約破棄をしようとタイミングを計っていただいている。

先の魔人族襲撃の際の防衛戦はいままでの戦争で最も辛いものであった。我がアイシクルランスの両隣に配置された騎士団はほぼ壊滅状態であり、アイシクルランスにかなりの負担がかかっていた。このままでは大損害が出ると思ったその時に、その人物は現れた。

三人目はハルキ＝レイクサイド様である。真紅の巨竜にまたがって、魔人族をなぎ倒すそのお姿は、心が折れる寸前だった騎士団や兵士たちを奮い立たせ、今回の魔人族からの防衛戦での最大功労者であることは間違いなかった。彼に関してはよくない噂もあったのだが、人柄を否定するものではなく能力の噂が専《もっぱ》らであった。あの光景を思えば、能力の事に関して文句を言う者はもういないはずだ。ジギル様は彼を警戒されておられた。下の世代で自分が敵わないと思った人物というのは初めてだそうだ。

そんな彼がなぜか我が領地へやって来た。当初、最大限に彼を警戒していたジギル様はハルキ様の拘束を指示された。同時にシルフィードにやって来た理由を聞き出そうとしたらしい。しかし、返ってきた答えは予想外のものだった。私はジギル様とハルキ様の歓談の席に同席させていただいた。酒の力もあったのか、ハルキ様は自分の身の上話を話してくださった。なんてことはない、彼はまだ十八歳だったのだ。普通に失恋し、傷心のままに現実から一時的に目をそむけていただけの若人《わこうど》だったのだ。

私はこの若人がいたく気に入った。ちょうど、ジギル様が女性騎士を紹介して護衛につかせるようにとの指示を出した。酒の席でのこともあったのだろう。ジギル様はセーラの事は考えていなかったに違いない。ただ、この随分人間臭い救国の英雄のところならば、娘が嫁に行っても喜べると思った。

数か月後、セーラは戻ってきた。

「レイクサイド領次期領主、ハルキ＝レイクサイドだ！　ジギル＝シルフィード殿への面会を求む！」

いつもはホープ＝ブックヤードの偽名で館を訪れているハルキ様が本名で訪ねてきた。屋敷中は大騒ぎとなった。さすがに救国の英雄だ。ワイバーンの後ろには娘のセーラが乗っている。

「ハルキ＝レイクサイド様、ジギル様へ御取次ぎいたします。客室へご案内いたしますから、こちらへどうぞ」

「うむ。よろしく頼む。ところで、ロラン殿。質問があるのだが？」

「なんでしょうか」

「セーラ殿のお父上というのはどのような方だろうか」

これは決心した男の顔をされている。ならば、私もそれに答えようではないか。

「私がセーラの父でございます。ニア＝チャイルドは元妻です」

「なんと!?　お義父《とう》さんでしたか！」

「セーラは何も言いませんでしたか？」

お義父さん？

「いや、セーラ殿にはまだ何も言っておらぬのだ……もごもご」

「では、客室でお待ちください」

「う、うむ。ありがとうございます」


ハルキ様を客室にお通ししたのち、セーラと会う。

「護衛任務御苦労だった」

「はい、ただいま戻りました。騎士団長」

「よい、ここでは親子だ」

「はい、お父様」

娘もこれから起こることを分かっているようだ。

「救国の英雄はどうだった？　お前の夫として十分か？」

「一言で言うなら、私がいないとダメな方ですね」

「はははは、それは良い」

「ですが、サイセミア様の件は大丈夫なのでしょうか？」

「それは大丈夫だろう。奴にお前を娶らせないためにあの手この手を尽くしてきたジギル様だ。救国の英雄と不出来な従弟のどちらを取るかははっきりしている」

この時、私は一生の不覚を取っていた事に気づいていなかった。


数十分後、屋敷が騒然とし出した。さすがにまだジギル様は御帰還されていないだろうが、何かあったのか？　侍女を引きとめて理由を聞き出す。

「ハルキ＝レイクサイド様が突然お帰りになりました！」

「何だと!?　何があった!?」

「それが、面会者の中にサイセミア様がおられたらしく……」


なんて事だ!?

その後、ハルキ＝レイクサイド様がシルフィード領に宣戦布告をしようしたとか、勝手な事はできないからアラン＝レイクサイドに引退を迫ったとか、結局何もさせてもらえなかったからシルフィードとの領境でコキュートスを使って冷風を流してくる嫌がらせぐらいしかできなかったけれど、猛暑だったからむしろシルフィード領にとっては有難かったとか、サイセミア様が王都ヴァレンタインに逃げ込んだとか、ジギル様の抜け毛がひどかったとか、忙しい夏だった。すべて私の不手際のせいなのだろう。

第四章

俺の職業？　そりゃあ、何だ。えっと、何だっけ？

レイクサイド領は収穫祭の時期である。この数年「レイクサイドの奇跡」と呼ばれる高度成長で、作物の生産量増加や移民による人口増加、騎士団の増強など王国内で最も勢いのある領地だ。今やレイクサイド召喚騎士団の名前を知らぬ者はおらず、数年前にわずか六名だった騎士団もすでに五十名を超える大所帯となっている。更にこの五十名が中型〜大型の召喚獣を召喚して戦うのであるから、その戦力はもはや単純な計算ではおさまらない。更に更に、平時にはこの五十名が召喚獣による訓練を兼ねた屯田を行う。完全な兵農一体のシステムにより、鍛えに鍛え抜いた騎士団は先の防衛戦でも最大功労の栄誉をもぎ取っており、屯田で得た潤沢《じゅんたく》な資金は他領土を大きく凌駕する。

この強力無比な騎士団を数年で作り上げた人物は次期領主のハルキ＝レイクサイドという人物だった。二つ名は「紅竜」。その召喚獣であるレッドドラゴンが魔人族の軍勢を文字通り薙ぎ払い、ほぼ単騎の力で戦争を勝利へ導いたといっても過言でない。

その勢いは止《とど》まることを知らない領地であったが、今、大きな問題に突き当たっていた。

「セーラさん……ぐすっ」

縁側で泣きそうになっている人物こそ、渦中の次期領主ハルキ＝レイクサイドその人だ。

「元気出してくださいッス。あ、柿食べますか？」

対するはレイクサイド召喚騎士団第五部隊隊長「フェンリルの冷騎士」ヘテロ＝オーケストラだ。彼は平民出身であったが数か月前にレイクサイドの貴族であるオーケストラ家に養子として迎え入れられている。

「いらない……」

「あー、もう。コキュートスも何か言ってやってくれッス」

『主よ、いつまでそうしているつもりだ？』

領主館の庭を占拠している氷の巨人はコキュートス。氷の大精霊だ。

「だいたい、なんでこうやってずっと縁側に座ってるッスか？　セーラ様との思い出に魔力が尽きるまでコキュートス召喚してるッスけど、最近二十四時間召喚しても魔力が尽きなくなってくるとかどういう構造ッスか!?　召喚魔法極めると維持魔力が少なくなるなんて人類史上初めての大発見なんスからね！」

《うむ、この世界にこんなに長時間具現化できるとは思っておらなんだ》

「……セーラさん……ぐすっ」

「だあぁぁぁッス‼」

「コキュートス！　勝負だ！」

そこに現れたのは第四部隊隊長「紅《くれない》を継ぐもの」テトである。

「行けえ！　れっどら！」

深紅の巨竜が召喚される。そしてコキュートスとの戦闘が開始された。ここ最近、この庭が更地に近いのはこいつらのせいだ。

《小癪《こしゃく》な！　またしても返り討ちにしてくれる！》

ちなみに分かると思うが「れっどら」は「レッドドラゴン」の略で命名したのはハルキである。

「あ〜、また始まったッスよ。テトの自主訓練」

テトがレッドドラゴンの契約に成功したのは先月のことである。ちなみに筆頭召喚士フィリップは契約できなかった。筆頭召喚士を辞めるかと思われたが、テトがリーダーだと大変なことになるので皆で必死に残留させた経緯がある。

「戻ってきていただいたのは大変いいのですが、毎日あれでは困りますね」

ここはレイクサイド召喚騎士団の宿舎。筆頭召喚士室でフィリップ＝オーケストラとウォルターが相談をしている。

「うむ、実はフラン様まで不安定でな。エルフの集落でハルキ様に手も足も出なかった事がよっぽどショックだったらしい。何やら『今のままでは坊っちゃまに意見を言う資格などなし！』とか言って、特訓の日々だ。正直騎士団連中が不憫《ふびん》でならない」

「それは……、大変ですね。だから最近マクダレイ様がこちらに逃げてくるわけですか」

「『鬼』のフランの特訓メニューも終盤だ。もう少しの辛抱だと思うんだが……」

「それはそれで面倒な事になりそうな予感がします……」

「……やはりお前もそう思うか……」

二人のため息が重なった。

収穫祭だ。レイクサイド領の今年の収穫を祝う。以上。

「待つッス。これからメインイベントッス。ハルキ様がそんな顔して出席するのはよくないッス」

「じゃ、欠席で。フィリップあとは任せたイツモノヨウニ」

セーラさんがいない。意味ない。以上。今年はトーマス叔父上が司会だ。いまいち盛り上がりに欠ける。

「とりあえず、お前ら、先に行け」

「むむむ、仕方ないッス。とりあえず行くッスよ！　皆！」

召喚騎士団の部隊長連中が壇上に上がって行く。皆が顔を出しただけでものすごい盛り上がりだ。

テトがレッドドラゴンを召喚している。領民は歓喜だ。俺がどこかで召喚したと思った人が大半なのだろう。「ハルキ様」コールが半端ない。テト可哀想。

「ハルキさま」

おお、ヒルダか。後ろにいるのは炎系の破壊魔法が得意でそこまでイケメンというわけでもなさそうであるが誠実そうで、先の防衛戦でもワイバーンの後ろに乗って武勲を立てた、なんというかヒルダの夫というか、名前忘れた。

「シルキットでございます。ハルキ様」

「そう、シルキット。地獄に落ちればいいと思ったことしかなかったけど。ヒルダを幸せにするんだよ」

シルキット蒼白《そうはく》。

「ハルキさま、夫をいじめないでください」

「ああ、すまない。ではごきげんよう」

「逃がしません」

むんずっと首根っこを摑まれてしまった。俺、次期領主。

「元気のないハルキさまにご報告がございます」

「何だい？」

「せっかくお帰りになられてもハルキさまは縁側でため息ばかりついておられる。これでは帰ってこなかった方がマシというものですわ」

「めんぼくない」

「収穫祭が終われば、私たち夫婦は主に召喚獣の契約に使用する素材の調達として各地の冒険者ギルドを回って依頼を受けようと思っています。ハルキさまもご一緒にいかがでしょうか」

「やだ」

冒険者ギルドなんて、色んな事思い出すじゃないか。だいたい、ヒルダはまだいいとしてそこの男と旅なんていやだい。

「そこで、ご提案があるのですが、現在護衛の方を依頼しております。ほら、あそこ、ヘテロと今喋ってる方ですよ」

ヘテロはすでに壇上を降りて、領民の中に混ざっていた。演壇近くになぜか召喚騎士団が警備しているテーブルがある。なにやら眼の錯覚か、神々しく光っている気すらする。

「むむむ？」

「あと、シルフィード領のジギル＝シルフィード様からご伝言です。『この度は我が領地の不手際、誠に申し訳ない。あの無能な従弟とセーラの婚約は私、ジギル＝シルフィードの名にかけて解消させると約束しよう。今、奴は王都ヴァレンタインに逃げているが最悪暗殺するので安心してほしい。レイクサイド領に帰っても冒険者としてお忍びで行動することがあるかもしれない。こちらから護衛を派遣する。気に入ってもらえるはずだ。君の召喚したコキュートスにアイシクルランスの「氷の祝福」を降らせることを楽しみにしている。　心の友　ジギル＝シルフィード』…だそうですよ」

「……ほんと？」

視線が固定されててヒルダを見ることができない。そこにいるのは女神……いやまぎれもなくセーラさんだった。ヘテロと楽しそうに笑ってる。ヘテロあとで半殺しだ。

「ハルキさまは、収穫祭には出席されないんですよね？」

「でる」

「私たちと素材集めの旅にも行かれないのですよね？」

「いく」

「領民が待っております。元気なお姿を見せて差し上げてください」

ヒルダ、マジで聖母。

「え～、なんでいるッスか？　来るなら来ると早く言ってくれると助かったッス！」

「ヘテロさん、お久し振りです。私の婚約解消関連があまりうまくいかなくてですね、少し手間取りました」

「ハルキ様喜ぶッスよ！」

「やっぱり、落ち込んでらっしゃるでしょう？」

「そりゃ、もう、自殺する勢いで」

「ふふふ、やっぱり私がいないとダメな方なんですね」

「そうッスよ。セーラ様いないとハルキ様ダメダメッス！」

そこで領民の大歓声が起こる。壇上には次期領主ハルキ＝レイクサイド。にこやかに手を振っている。

「皆！　今年も沢山の収穫があった！　これも皆の頑張りのおかげだ！　今日は楽しんでくれ！」

カリスマ性溢れる次期領主の言葉に領民の大歓声が湧き起こる。昨年は魔人族防衛戦のため収穫祭にハルキ＝レイクサイドは出席しなかった。体の調子が悪いという噂さえ流れていたが、壇上に見える姿は健康体そのものだ。

「あれ？　あんまり落ち込んでいるようには見えませんね」

「いや、さっきまで絶対出ないってふてくされてたッス。たぶん、セーラ様を見つけたッスね。ほら、こっちばっかり見てるッス」

「「ハルキ様！　レイクサイド！　ハルキ様！　レイクサイド！　ハルキ様！　レイクサイド！　ハルキ様！　レイクサイド！」」

ハルキコールがすさまじい。

「こ、これはちょっとすごいですね」

「まあ、ハルキ様の人気はこんなもんス」

「ちょっと、私も気合いを入れ直す必要があるのが分かりました」

「セーラ様なら大丈夫ッス」

その後のコキュートスの召喚で、場は最高に盛り上がった。

＊＊＊

「というわけで、私はただのハルキだ」

年が改まって、ここはレイクサイド領第二の町であるカワベだ。スカイウォーカー領との流通のためにハルキ＝レイクサイドによって作られた宿場がこの数年でレイクサイドきっての都市へと成長していた。レイクサイド領で作られる大量の作物がここカワベに一旦《いったん》集められて、スカイウォーカー領へと流れる。全国各地から多くの商人がこぞって食料の買い付けに来ており、レイクサイド領主館から引かれた石畳の道路がそのままカワベの町の中心を通って、無理矢理スカイウォーカーの町まで続いている。道幅は馬車が四台はすれ違えるほど。町の周囲では歩道まで整備されている手の入れようだ。大型の倉庫街だけでなく、さまざまな人に対応できるように商店街や宿場、娯楽施設まで完備してある。

「ギルドランクはA、さあ、依頼は何があるかな？」

冒険者ギルドの建設はハルキ＝レイクサイドの命令でフィリップ＝オーケストラが指揮し、王都ヴァレンタインにも勝るとも劣らない大きな建物が出来上がっている。命令の内容は「シルフィード領のギルドより大きく」だったらしい。

「ちょっと、ハルキ様。これはいくら何でも……」

「どうしたセーラさん。依頼達成に自信がないならBランクに下げようか？」

「いえ、このメンバーならSランクでも大丈夫ですよ」

俺の冒険者メンバーを紹介しよう。まず、冒険者ただのハルキ、ランクはA。冒険者、謎の美女セーラ、ランクはB。鬼のフラン、ランクはS。聖母ヒルダ、ランクは特別にB

を提供してもらった。どっかの騎士団副団長シルキット、ランクはF。

「シルキットさんにも高めのランクをあげてくださいよ。これじゃ一人だけ依頼について来られないじゃないですか」

「むう、セーラさんがそう言うのならば今度ギルド長にお願いしておきましょう」

「それにハルキ様。今、まったくお忍びになってませんよね？」

冒険者ハルキの装備はフルミスリル（兜なし）にレイクサイドのマント、ミスリルランス、あとパイロットゴーグルだ。ドワーフが綺麗なガラスを作成できるようになり、ワイバーン部隊には必須のものとなっている。そして騎士団から「鬼」のフラン、召喚騎士団第三部隊部隊長ヒルダをはじめとしてシルキットまで正式装備。さらにセーラさんにもドワーフ特性ミスリル装備一式とレイクサイドのマントをプレセントしてみた。

「さあ、受付嬢よ、このメンバーでできる範囲で構わないから依頼を見つくろってほしい」

「ギ、ギルド長を呼んでまいります!!」

騒然とするギルドの中でギルド長を待つ。中にはおなじみのハルキコールをしてくる冒険者たちまでいて、非常にうっとうしい。

「では、爺。依頼の受理とシルキットのランクの融通のお願いは任せた。こいつの実力は俺や爺が相手の場合は瞬殺されるとでも伝えておけ」

「はい、かしこまりました」

「レイクサイド騎士団副団長を捕まえて何言ってるんですか」

「ですが、事実ですわ」

「ヒルダさんまで……」

「いいんですセーラ様。私はこんな扱いに慣れていますので」

「シルキットさん……」


「さてセーラさん、爺が手続きをしている間に町でも見て回らないか？　ヒルダ達も何か用事があれば優先していいぞ。護衛は召喚するから気にするな」

「はい、ありがとうございます。では昼食まで自由行動ということで」

「うむ、あそこのレストランが旨そうだ。爺、手続き終わったら予約しておいてくれ」

「かしこまりました」

セーラさんを連れてギルド館を出る。護衛に召喚したのはアイアンドロイド二体とフェンリル一号だ。

「セーラさん、ここはフィリップたちが作った町なんだ」

行く先々で人だかりができる。

「なんか沢山の人に見られてて落ち着きませんね」

「うん、そうだね。まあそのうち慣れるよ」

服や装飾品の店を回り。ちょっとしたものをセーラさんにプレゼントしていると昼食の時間となった。


「めぼしい依頼で坊っちゃまのレベルに合わせますと、Sランクの「グレートデビルブルの討伐」、「はぐれサイクロプスの討伐」、「怪鳥ロックの捕獲」といったところでしょうか」

「では、午後から近い所から順に回って行こう」

「移動にかなりの時間がかかりそうですね」

ワイバーンを召喚できるのは俺とヒルダだけでそれぞれ二人までしか乗れない。

「まあ、シルキットが留守番でも構わないと言えば構わないんだけど」

「ハルキ様、何をにやにやしてるんですか？」

「実はねセーラさん、この前やっと素材が集まって新しい眷族が増えたんだ」

「まあ、移動に使えるんですか？」

「うん、五人乗りできる。あとで見せてあげるよ」

「それは楽しみです」

昼食後、少し休憩を取ると出発の時間となった。まずはレイクサイド領北部のグレードデビルブルからだ。町の広場に集合する。全員にパイロットゴーグルを装着してもらって、五人用の鞍をフランが持ってくる。

「五人用ともなるとかなりでかいね」

「こんなのをつけることのできる大きさっていうとゴーレム系ですか？」

「いや、違うよ。来い！　ウインドドラゴン！」

細身であるがレッドドラゴンよりもさらに巨大な竜が現れる。薄い黄色から茶色の鱗《うろこ》に巨大な翼、白色の鬣《たてがみ》が頭部から背部にかけて生えている。五人乗りの鞍を装着し、全員乗り込んでもびくともしない。ワイバーンの飛行速度をはるかに上回る風竜であれば、大陸の反対にあるエル＝ライト領ですら、その日の内に着くことができる。

「ゴーグル重要だから！　壊れたら予備もあるし！　後、飛行中は声全く聞こえないから逆に耳当てしててね！」

俺はウインドドラゴンと魔力を通して意思疎通できるが、他の皆は違う。爺と手信号の訓練はしてきたが、セーラさんやヒルダとも必要になるだろう。シルキットはいらない。

「では出発!!」

《承知》

文字通り風を切り、衝撃波が町を揺るがしながらウインドドラゴンは飛び立った。専用の空港を作る必要がありそうだ。

グレートデビルブルは意外にも見つかりにくい場所に生息していた。魔力の少なくなっていた俺は上空待機し、他の四名が降りて捜索した。結局、ヒルダの召喚した大量のノームがあっという間に発見し、四人掛かりで戦うと危なげなく討伐することができた。素材を回収し、シルキットがでかい荷物を背負う。

次のはぐれサイクロプスと怪鳥ロックはあっけなかった。上空からでも目立ったためにそのままウインドドラゴンが強襲した。俺らを乗せたままだったので、必死に鞍にしがみついていただけで戦闘の詳細は分からなかったが、サイクロプスは瞬殺、怪鳥ロックは羽をやられ飛ぶことができなくなった。シートベルトを作ってて良かった。そのままどちらもウインドドラゴンがむんずっと足でつかんで近くの集落まで輸送し、獲物の解体およびロックの拘束をして任務は終わった。帰る頃には夕暮れであったが、任務終了を告げた時のギルド長の顔は笑ってしまうほど変な顔だった。

「私、ほとんど何もしてません」

セーラさんが困り顔だ。そんなことない。君がいるから俺は頑張れる。

「それを言うと、ほとんど坊っちゃまのウインドドラゴンがやってしまいましたからね。

他の皆も同じような物ですよ」

「じゃ、じゃあ明日からは輸送隊長ハルキに転職するね」

「ハルキ様、気にしなくてもよろしいんですよ。ハルキ様がここまでの召喚ができるというのはレイクサイド領民の誇りなんですから。もっとどしどしやってしまえばよろしいんです。ねえ、あなた？」

「もちろんです。我々レイクサイド騎士団がどこに言っても一目置かれるようになったのはハルキ様のおかげですから」

「そ、そう？」

しかし、数日間ギルドの依頼をこなしているとSランクはおろか、Aランクの依頼も無くなってしまった。


「爺」

「なんでございましょうか」

「この町は平和になりすぎた。もう魔物がいない。つまり素材がない」

「そうですね」

「と、いうわけで次の町に行こうと思う。あ、これ今の召喚騎士団に対する指令書ね。農業と土木に召喚を回すのも結構だけど、戦闘訓練も必要だから四人一組でレイクサイド各地の冒険者ギルドに顔を出してこいというのと、ワイバーン輸送隊をもっと増やせるように頑張って。ウォルターの対人戦闘特化部隊はまだ他の領地にばれないように、あとは教育機関の設立は急いでね。最低でも数年後には貴族院と同レベルの施設にするには……」

「坊っちゃま、もしかして……」

「という事で後は頼んだ！　イツモノヨウニ！　ノーム！　こいつらを拘束せよ！　セーラさん！　行こう！」

大量のノームで爺とヒルダとシルキットを拘束する。が、爺の周囲であっという間にノームがすべて切り伏せられる。

「坊っちゃま！　爺を甘く見ましたな！　前回やられてからどれだけ修行を……なにぃ!?」

「爺ならそろそろノームだけじゃ効かんと思っていたよ！」

ノームが作った死角に召喚した三体のアイアンドロイドが爺の関節を極《き》める。俺の召喚したアイアンドロイドは宝剣ペンドラゴンでも切断できない強度を誇る。その間に再度召喚したノームで固め直して終了だ。

「坊っちゃまぁぁぁ〜！」

ウインドドラゴンである程度の距離を飛行した後、スピードを緩めてやや低空飛行をしてもらう。これなら会話をすることが可能だ。

「セーラさん、セーラさん」

「もう、なんですか？　ハルキ様。前もって言ってくれてなかったから、びっくりしちゃったじゃないですか」

「ごめんよ、でもセーラさん顔に出るから」

「そんなことないですよ！」

空のデートというやつですな。なんて贅沢《ぜいたく》な。幸せすぎる。

「それでね、今回こうやってわざわざ二人きりになったのは、」

こちらを向いてくるセーラさんは真剣な目でこっちを見てくる。

「セーラさんがこれから何をしたいのか聞いておきたかったんだ」

「何をしたいか？　ですか？」

「そう。今、俺のせいでセーラさんはやりたい事が出来ないんじゃないかと思って」

「私の、やりたい事」

「セーラさんはロラン殿に憧れてアイシクルランスに入隊したんでしょ？　それなのに俺のせいでレイクサイドまでわざわざ来ることになって、しかも騎士団の仕事というよりは俺の子守りばかりで……」

「子守りですか。たしかにそうですね」

「うぐっ、そうでしょ。でも本当はやりたい事や嫌な事があるんじゃないかと」

そういうとセーラさんは後ろからぎゅっとしてくれた。

「私が今、辛《つら》そうに見えますか？」

「……分かんない。こういうのは自信がなくて。でも宿場でも目立つのは嫌だったみたいだし……」

「今はハルキ様の子守りが楽しいですよ」

「ほんと!?」

「ええ、でもやりたい事っていうのが正直まだ分かりません。ですので、ハルキ様」

「はい」

「一緒に探してくれますか？　私の旦那様？」

やばい、まじで女神。

「ままま、まかせっせせてよ!!」

「じゃあ、とりあえず、せっかく二人きりになりましたし、新婚旅行として誰も来られないような場所で静かに冒険者やりますか」

「そうだね！　行け！　ウインドドラゴン！」

「あぁ！　速過ぎ！」

ちなみにだが、新年の結婚式ではアイシクルランスをコキュートス召喚で蹴散らして伝説を作ったのは言うまでもない。

＊＊＊

レイクサイド領とほぼ反対側の大陸南東にエル＝ライト領がある。領主ジンビー＝エル＝ライトは齢《よわい》六十歳にして戦場で鍛え上げられた肉体を持ち、精強な騎士団を作り上げた人物ではあった。しかし、ここ十年ほどは以前ほどの勢いはなく、領地経営においてもあまり繁栄しているとは言い難い微妙な立場の領地である。東は海に面しており、北側には魔人族襲来の最前線であるフラット領に面しているため真っ先に援軍が要請される領地でもあった。最近はシルフィード領やレイクサイド領、スカイウォーカー領などが力をつけてきており、農業、産業、物流、軍事、どれにおいても他領土に秀でたものはなかった。

そんなエル＝ライト領であるが、ひとつだけどの領地にもない物がある。それは魔力溜まりの数だ。ようするに魔物が発生しやすい。

それだけにここエル＝ライトの冒険者ギルドには全国から数々の猛者が集結し、Sランクパーティーだけでも十以上は常駐するという異常な領地なのである。騎士団による魔物の掃討が追いつかない今、多くの冒険者はここで稼ぐのだ。


「ここ、怖いね……」

エル＝ライト冒険者ギルド館の酒場で俺とセーラさんはご飯を食べている。

「かなり強そうな人が多いですね。おそらく、あのパーティーなんてSランクでしょうね」

「Sランクだなんて、フィリップがあんなにいるようなもんか……だったら大丈夫か」

「人類を救った英雄がこんな人達を怖がっちゃいけませんよ」

「ううぅ、でも俺本体は大したことないよ。Eランクくらいの実力しかないから」

「私がいますから大丈夫」

「セーラさん……」

しかし、他のギルドと違って荒っぽい人が多い。だいたい、受付が嬢じゃなくておっさんだしな。


「あ、君らもしかしたら二人組？　余ってないか？」

女剣士と男魔法使いの二人組に声をかけられた。セーラさんが応対してくれる。

「ええ、二人ですが」

「こっちも二人でね、Bランクのロックリザード狩りに行きたかったんだけど、今は変異体のAランクしか依頼が出てなくて、ちょっと二人じゃきつそうなんだよね」

女剣士は意外と悪い奴ではないのかもしれない。しかし、女が剣士で男が魔法使いとは情けない編成だな。ん？　どっかで聞いたな。

「変異体ロックリザードですが、以前ハルキさんと狩りに行った事ありましたね」

「本当か？　なあ、ぜひ一緒に行ってくれよ。私はカーラ、こっちはソレイユだ」

「どうしますか？　ハルキさん」

「セーラさんの好きにしたらいいよ。俺はどっちでも」

「では御一緒しましょうか。私はセーラ、こちらは夫のハルキさんです。よろしくお願いします」

「ああ、よろしく」

カーラとソレイユが仲間になった。


ロックリザードの生息域は馬車で三日の距離にあるらしい。誘ったのはこっちだからと馬車代を持つといってくれたカーラであったが、

「どうする？」

「どうしますか？　あまり目立ちたくないんですよね？」

「でもね、セーラさん。召喚使わなかったら、俺はただの役立たずだよ」

「それはマズイですね。フェンリルくらいは良いとしますか？」

「シルフィードでは狼《おおかみ》がかなり目立ってたけど、仕方ないよね」

「カーラさん、ソレイユさん。馬車だとかなり時間がかかってしまいますのでこっちで移動方法は用意しますよ」

「えっ!? 馬車以外に移動の方法なんてあるのかい？」

「しかも無料なんで。それでは明日の朝に集合しましょう」

カーラがかなり困惑しているが、まあ大丈夫だろう。宿に戻る前に鍛冶屋によって馬の鞍をフェンリル用、しかも二人乗り用に改良してもらう。二人乗り用だと戦闘には使いにくいがまあ、仕方がない。


「冒険者夫婦の生活がスタートですね」

「そうだね、セーラさん」

最近ようやく一つのベッドで眠れるようになった。

翌日。

「何だこれぇ‼」

「⁉」

カーラとソレイユびっくり。エル＝ライトでもフェンリルの召喚は珍しいらしい。

「まず、魔石が高くて契約しようとする奴なんかいねぇよ」

なるほど、レイクサイドでは次期領主と執事が冒険者として魔物を狩りまくったから魔石が余ってるんだよね。他の場所とか素材屋で買うとめっちゃ高いから貴族でもなければ手に入らないか。魔石が手に入るような冒険者は他の攻撃手段持ってるし、魔道具を精製してもらった方が役に立つ。

「これなら一日かからない。昼過ぎには着くぞ」

「……なんてこったい」


到着した場所は山の中腹にある荒野のような所だった。あまり木々の生い茂った場所にはロックリザードはいないそうだ。

「今回の変異体は、やや大きめで尻尾の先に硬い鉱石がついているそうだ。尻尾の攻撃には注意が必要だな。作戦を相談してもいいか？」

「どうぞ」

「なら、セーラは前衛もいけるけど氷の破壊魔法もいけるんだよな。ソレイユと一緒に破壊魔法で牽制してもらっていいか？　私は前面に出る。ハルキは召喚魔法使いだったよな。何かあいつに対抗できそうな召喚獣はあるか？」

むしろあいつにやられる召喚獣の方が少ないよ。

「う〜ん、ではアイアンドロイドを何体か召喚しようかな。あとは邪魔にならないようにフェンリルに乗って戦うよ」

主にフェンリルが戦う。

「それは助かる」

「私もそっちのフェンリルに乗せてもらえると戦いやすいですね」

セーラもフェンリル騎乗で戦いたいらしい。

「これに乗った状態で魔法が打てるのか。すごいな」

俺とセーラがフェンリルに乗った状態で、アイアンドロイドを三体カーラの傍に配置する。ロックリザードは基本的に隠れることを知らないのですぐ見つかるだろうと思っていたら、一号が場所を嗅《か》ぎ分けて教えてくれた。

「あっちにいそうだって」

「召喚獣って意外と便利なんだなぁ」

「……たしかに」

うぉ！　ソレイユが喋った！

ロックリザード変異体はセーラの氷魔法で身動きが取れなくなったところをアイアンドロイドたちに串刺しにされてあっけなく討伐された。カーラの剣はあまり刺さらなかったらしい。その日の夜にフェンリルで町まで帰ると
「今までの依頼は何だったんだ？　こんなに楽な仕事はした事がないよ」
と、落ち込んでいた。ドンマイ。

二人と別れて宿に戻る。依頼達成の換金は明日だ。

「他の冒険者の前で実力を出し過ぎるとすぐ有名になっちゃいますね」

「当分は二人でやった方がいいかもしれない」

セーラと二人きりだと楽しいしな。


しかし、せっかく二人で依頼を受けて行こうと思っていたのに、翌日換金に行くと馬車代も全くかからず一日で依頼を達成できたカーラ達にしつこくからまれてしまった。

「なあ、頼むよ。一緒にパーティー組んでくれよ、なあ」

まさか、こんなに気に入られるなんて思ってもいなかった。

「君たちも冒険者ならば分かるだろう？　命がかかっている仕事の中で、信用できる腕前の者たちとパーティーを組むってのは非常に重要なんだ。君たちからしたら僕らはまだまだなのかもしれないが、それだけの実力があれば大抵の依頼はこなすことができると思う。ランクも同じくらいだし、僕らにとってこれは逃してはならないチャンスなんだ。お願いします」

ソレイユよ、君はそんなに喋るキャラじゃなかったよね。

「ほら、ソレイユがこんなに気に入るなんて初めてなんだ。お前らと一緒にいれば命の危険がかなり減るんだよ。依頼料は実力に合わせてこっちが四でそっちが六で構わないからさ」

実力に合わせると二対八になるぞ？


「どうしましょうか、ハルキさん」

「困ったね」

「信用できないわけではないと思うんですけど、こっちにも事情がありますから」

「うーん、下手な噂をされるよりは口止めしておいた方がいいかもしれないけど」

「確かにそうですね。では、よろしいですか？」

「はい、お願いします」

テーブルの下でやってた作戦会議は終了した。戻る時に頭をテーブルの角にぶつけたから痛かった。


「では、条件を飲んでいただけるなら、しばらくの間パーティーを組むということでどうでしょうか」

「うんうん、いいよ。どんな条件だい？」

「まず、お互いの素性を探らないということが一つ」

ピッと人差し指を立てて説明するセーラさんかわいい。

「また、分かった事とかがあっても他の人には絶対に言わない事。実は私たちは訳ありなんでね。三つ目は私たちはいつここを出るか分かりません。ある日突然いなくなることもあるかもしれませんので、それを了承してください。四つ目は……」

「うんうん、訳ありなんてここでは珍しくもないよ」

「私たちは犯罪者ではありませんが私たちには追手がかかることがあります。それもかなりの高レベルの」

それ、爺のことだろ。

「その際は絶対に私たちをかばったりしないでください」

「え？　なんで……？」

「あなた方が怪我をする可能性もありますが、現実には邪魔になりますので」

おお、セーラさん。爺の追跡から本気で逃げるつもりだ。

「う、うん。分かった。事情は聞かない約束だしね。それでいいよ」

「では、よろしくお願いします。依頼料は均等で構いませんよ」

「!?　そうかい！　ありがとう！　よろしくね！」

ああ、こっちこそよろしくな。


新たにパーティーを組んでみて初めて思う事があった。今まで、ハルキとしてもホープとしてもセーラさんも含めてお金に困ったことがなかったから、依頼料なんて気にもしていなかった。しかし、これからはカーラとソレイユが生活していくお金が必要だ。という事は……。

「どういう事なんでしょうか？」

「ハルキさんが今まで通り冒険者をやればすぐにお金が貯まるので、結局気にしないでいいという事です」

さすがセーラさん。頼りになる。

「それで、今日はどんな依頼を受けようか？」

Bランクを中心に色々な依頼がある。特に討伐系が多いのはこの土地の特色だろう。

「ちなみに、私は新しい武器の素材が欲しいと思っているんだ。それで前回はロックリザードから貴重な鉱石が取れればいいと思って依頼を受けた」

なるほどね、そういう目的で依頼を受けてたのか。

「鉱石は貯まったし、あとは鍛冶屋に持っていく金があればいいから、今回は特にきまった依頼を受ける必要はないよ」

「そうですね、私たちも装備は足りてますし、ハルキさんの新たな召喚の契約素材はこの依頼の中にはありそうもないですし……」

ドラゴンだとかコキュートスだとかいれば新しい召喚獣もあまり欲しくはないかな。ちょっと欲しいけど。

「だったら、ソレイユは？」

「俺は、この町にカーラと住む家が欲しい。だから素材よりも金額が高い依頼を受けたい」

ひゅー、男前だな。

「じゃ、この「ロングホーンブル討伐」と「ワイバーン討伐」、「ホワイトボアの群れ討伐」くらいだな」

「うん、分かった。どれにする？」

「いや、全部……」

「全部？」


「だから、なんでワイバーンなんて召喚できるんだぁ⁉」

「詮索禁止だ」

現在、ホワイトボアの群れの中にアイアンドロイドを五体ほど召喚した所だ。後方ではロングホーンブルと討伐したワイバーンの死体をカーラとソレイユに解体してもらっている。

「私も行かなくてよかったんですか？」

「セーラさんは俺の護衛としてここにいて」

アイアンドロイドをさらに五体追加する。ホワイトボアも十五頭ほどいたのが次々と狩られている。狩り終えたホワイトボアをワイバーンが次々とカーラとソレイユの許《もと》に運ぶから、あっちはいつまで経っても仕事が終わらない。

「霊峰アダムスの麓の村の皆は元気かなあ？」

以前、霊峰アダムスの麓でレッドボアの群れを狩っていた際に、村人総出で肉の処理をしていたことを思い出す。

「さあ、ホワイトボアもほとんど狩りつくしたし、素材と討伐証明部位をはぎ取って帰還しようか？」

「あ、その前にお昼ご飯にしましょう」

最近、セーラのお弁当の技術の向上が目ざましい。

「お前ら、おかしいぃぃ!!」

カーラの突っ込みが草原に響く。


「さすがに詮索しないとは言っても、これは異常だろう」

エール片手にカーラが騒いでいる。反対の手にはAランクにあがったばかりのギルドカードとそこそこの金額がはいった革袋だ。

「え？　不満？」

「不満なんて全くありませんよ！　ほんとありがたい！　でも、何もせずに解体作業員してただけでAランクいただいちゃいました！　これまでの数か月はなんだったのか!?　そしてこんなに早い時間から飲んでてすいません！」

酒乱か？　今は午後五時だ。早めの夕食を取りに来ている。

「確かにこの二日でかなりの数の依頼をこなしたことになっているが、ほとんどがハルキとセーラのおかげだ」

ソレイユもAランクをもらったらしい。俺は最初から、セーラさんもとっくの昔にAランクだ。

「こんなにたくさんの金額が貰えるなんて思ってもみなかった。いつもは馬車代や野営代でそこそこの経費がかかるからな」

たしかに馬車代と宿代、野営の準備を考えると高いかもね。今ならワイバーンでぴゅーと行って帰ってくるだけだ。

「はっきり言って召喚魔法をなめていたよ。こんなに使える魔法だったとは。俺もまだまだ見聞を広めないといけないな」

「まあ、魔力とか契約条件を考えると冒険者向きとは言い難いし。使い勝手はよくないよ」

「でも、おかげで武器を新しくできるぞー！」

「じゃあ、カーラは明日鍛冶屋に行くんだね。ソレイユは？　あ、ついて行くんだ。そしたら俺らはどうしようか？　セーラさん」

「当面、しなきゃならない事はありませんから、ゆっくり情報収集しましょう」

「そうだね」

つまりはデートだ。


次の日、街中を散策することとする。エル＝ライトの町はシルフィードの町に比べると歴史情緒溢れるって感じで古いレンガの建物が目立つ。旧市街と新市街に分かれているが、新市街もできてから千年経ってるそうで新しいとは言い難い。

「この世界は発展が遅すぎるな。千年も経てば平安時代から現代日本なのに」

違和感というか、腑に落ちないというか。ずっと戦争してるんなら発展がすごくてもおかしくないと思うのは、あの世界を知っているからだろうか。

「ん？　何か言いました？」

「何でもないよ、セーラさん」

商店街を抜けてみる。どの顔も生活するだけでいっぱいいっぱいの顔だ。スリなどもいそうであるため十分注意する。


ふと、路地裏から声をかけられた。

「ハルキ様」

「ウ、ウォルター⁉　なんでここに⁉」

「お戯れを。ハルキ様が設立された情報機関を統括するのは私です。王国全土に諜報員がおりますゆえ、ウインドドラゴンの速さには敵わずとも数日あれば居場所の特定は容易でございますよ」

「まじかよ、爺がやって来るんじゃないか？」

「フラン様には情報はお渡ししておりません。ハルキ様がエル＝ライトに滞在されている事を知っているのは私が率いる者とフィリップ様のみとなります」

フィリップの将軍っぷりがますます上がっている。もはや長官だ。しかし、半分遊びで諜報部隊に予算を割り当てて、デーモン召喚が得意なウォルターに好きにやらせていたが、まさかここまでの部隊を作り上げるとは。

「ハルキ様がフェンリルの鞍を作らせたあの鍛冶屋は私どもの機関の協力者ですので、鞍の情報は他の誰にも漏れないようにしてあります。あ、奥方様ご機嫌麗《うるわ》しゅう」

「ウォルターさん、こんにちは」

「最近になって中央に不穏な動きがあります。いまだ訓練不足ゆえ、危険な任務に就けるものが少なく詳細は分かりませんが、エジンバラ領の者たちにはお気をつけ下さい。すでに何名かこちらにも犠牲が出ております」

エジンバラ領はシルフィード領以上の財力を誇る大領地だ。地理的にはシルフィード領のさらに南に位置し、北はシルフィード領、南と西は山陸地帯、東は小領地群に囲まれているため魔人族の襲撃はほとんどない。肥沃《ひよく》な土地にシルフィード領と東の小領地群との交流のしやすさも含めてかなり恵まれている領地である。歴史も古ければ、騎士団の規模もかなりのものだ。先の防衛線では派遣された規模は大したことなかったが。

「エジンバラ領か、襲撃に注意しなきゃならんのは爺だけではないんだな……」

「それに正体不明な一団も確認されています。こちらはかなり魔力の強い集団らしく、黒いローブにはご注意ください」

黒いローブとはまたベタな連中だな。

「状況が状況ですので、できましたら護衛を最低でも一人、僭越ながらこのまま私がつきたいと思っておりますがよろしいでしょうか」

う〜ん、カーラたちとパーティー組んだばかりだから不自然な感じになるよね。

「そこはお任せください。周囲に怪しまれないようにするのは得意です」

ウォルターは最近、契約したアークデーモンとの相性が良かったようで、対人戦等に特化した諜報暗殺部隊を率いている。アークデーモンお得意の闇に関する魔法とウォルターの性格が妙に合っているとフィリップが言っていた。

「ん〜、まあ仕方ないか。自然な感じでパーティーに入ってくれるんなら、それでいいよ。では任せた」

ウォルターと一旦別れて宿に戻る。今日の昼食はと言うと、この前狩ってきたホワイトボアの肉を宿の主人にお土産したところそれを料理してくれるらしい。ぶ厚くスライスしたホワイトボアの肉をトマトと香辛料をベースにしたソースで焼いてくれる。日本でいうところのポークチャップというやつだ。脂がのっていて非常に旨い。

「でも、エジンバラ領とか正体不明の一団とか、怖いですね。ハルキさんが狙われる可能性もあるから気を引き締めなきゃ」

「ん～、俺は直接狙われたらアッという間にやられちゃうだろうからね」

やっぱり、護衛のフェンリルを常時召喚しておくべきか……？　仕方のない事とはいえ、身辺には気を配らないといけない身分になってしまったようだ。もしセーラさんに危害でも加えようものならコキュートスで領地ごと滅ぼしてやる。

翌日、ギルドでカーラたちと集合だった。新たな武器を手に入れたカーラはご機嫌そうだ。

「それでな。このロックリザードの鉱石を使った長剣なんだけどな、前のやつに比べて強度は上がっているのに軽いんだ。はやく試し切りがしたいぜ」

冒険者らしい物騒な発言だな、おい。

「じゃあ、今日は何か適当に依頼を受けるかな」

「お、そうだ。その前に相談なんだが」

うん？　相談？

「昨日知り合ったやつがいてな。すごい優秀だし、できたらパーティーに入れたらどうかと思ってさ」

「え？　でも人数増えると移動手段が……」

フェンリルもワイバーンも二人までしか乗せれない。主に背中の面積の話だ。ウインドドラゴンは召喚すると他の召喚ができなくなるし、それに目立って仕方ない。

「大丈夫！　そいつもフェンリルとかワイバーンが召喚できるんだよ！」

へ？　そんな奴がいるのか？　うちの騎士団にほしいな。

「あ!!　ちょうどいい所に！　紹介するよ！　おーい、ストロング！」

ちょうどギルド館に入ってきた冒険者がこっちへ来る。

「ソレイユも気に入っちゃってさ、すげえいいやつなんだぜ。なあ」

「うむ、人柄実力ともに申し分ない。ハルキたちさえよければ五人で組んでSランクも目指せる」

というか、そいつは一般的な革装備で特に特徴は少ない。若干赤とか原色系の多い目立つ服を着ている。しかし、もっと気になるのは何故かパイロットゴーグルをつけている。

レイクサイド製の。

「よろしく‼　俺はストロング＝ブックヤード‼　得意魔法は召喚と破壊だ！」

「……いや、ウォルタ……」

「俺はストロング＝ブックヤード！　よろしくな！」

「いや、ウォ……」

「得意召喚はフェンリルだ！　俺の弟は黒狼の騎士と呼ばれてて、シルフィード領じゃ有名人だぜ！」

「ああ、そういう設定……」

「ウォルターさん、こういう性格でしたっけ？」

こうしてストロング＝ブックヤードが違和感なく自然と俺たちのパーティーに加わった。

＊＊＊

「ヘテロと一緒で、お前は俺に帰れと言わないんだな」

「フィリップの奴も言ってたけど、俺たちはハルキの好きなようにさせるのが仕事だからな！」

帰れと言われないとなんか寂しい気もする。

「お前らに迷惑をかけすぎるのもなんか悪いとは思ってるんだけれどもね」

逃避行はライフワークになってしまっている。

「それに、いざという時は引っ張ってでも連れて帰るさ！　ジジイのように詰めの甘い事はしねえよ！　はっはっは！」

爺、そろそろ引退か。


ここはエル＝ライト辺境の草原。カーラの新武器の試し切りに「クレイジーシープの討伐」に来ている。羊とはいえ、角は硬いし毛皮は刃を通しにくく、やたら強いＡランクの魔物だ。

「おい！　見ろよ！　すげえ切れ味だぜ！」

自慢の角を一太刀《ひとたち》で切り落とし、クレイジーシープを見事討伐してはしゃいでいるカーラ。

「当たり前だぜ！　何せヘボい素材ばっかだったから鍛冶屋に裏から手を回してアダマンタイト製の剣に交換させたんだからな！　ハルキのパーティーになるならその程度の武器じゃなきゃ目も当てられねえ！」

「小声で喋るんなら口調を戻せよ……」

「無理だ！　俺はそんな器用に切り替えする術は持ってねえ！　我慢しろ！」

アダマンタイトはアダマンタートルというSランクの魔物の背甲から手に入る。今のカーラには少し厳しい。


「ところでハルキ、気づいてるか？」

「ああ、後方に四人、右に二人、左に三人だな。前方にはいない。……ってワイバーンが言ってる。俺には全く分からん」

「よし、それじゃここは俺に任せてもらおうか！　奥方様とあいつらをワイバーンで上空に避難させて、ついでにお前も上に上がっとけや！」

なんで俺がお前呼ばわりなのに、セーラが奥方様なんだよ。

「カーラ！　ソレイユ！　乗れっ！」

ワイバーンを飛ばす。俺の乗ってるワイバーンはもちろんセーラを回収だ。前方へ回避した俺たちの後ろに九人の黒いローブをつけた集団が現れ、ストロングを囲んだ。

「ちぃ、ばれていたか。やはり一筋縄では行かぬか」

「よい、こいつだけでも片付けよう」

黒ローブたちがじりじりとストロングとの距離を詰めだした。得物はやや長めの短剣である。もう片方の手から破壊魔法を繰り出すのだろう。詠唱を開始しているやつもいる。

「なめてもらっちゃ困るな！」

ストロングが叫ぶ。

「ストロング＝ブックヤードが命じる！　我が呼びかけに応え地獄の深淵《しんえん》より這《は》い上がれ、暗黒の闇と慈悲無き叫びの使者よ。冷酷なその力と技を我に見せつけるがよい、来たれ！アークデーモン‼」

詠唱が長すぎて、その間に破壊魔法を二、三発食らっているぞ。しかも何、その厨二病。

ストロングの前にアークデーモンが召喚される。九人は少しつらいだろうから、俺もストロングの後ろにアークエンジェルを召喚してやった。詠唱時間の関係で同時召喚したかのようなタイミングになった。

「なっ！　同時召喚だと！　しかし、その組み合わせは不可能なはずだ！」

「もしや契約時にデーモンとエンジェルをねじ伏せるほどの魔力を込めたか⁉」

「あっちは影武者でこっちが本物という事はないか？」

「いや、あちらもワイバーン二体同時召喚をしている。しかも尾行中ずっと召喚していたことも考えるとあちらが本物で間違いないだろう。こいつは名のある幹部と見た」

黒ローブたちに動揺が走る。エンジェルとデーモンは同時に契約する事ができない特殊

ザ

な関係だ。どちらかと契約すると片方は契約に応じなくなる。

「襲う相手を間違えたな！　覚悟するがいい！」

ストロングが抜刀して、先頭の黒ローブを切りつける。おい、召喚獣使わないんかい。

しかし黒ローブたちはアークデーモンとアークエンジェルを警戒してストロングを囲むことができない。俺はアークエンジェルに攻撃を命じた。


ストロング＝ブックヤードもといウォルターの武器はいわゆる日本刀もどきである。黒ローブたちの長めの短剣では分が悪いはずだが、そこは破壊魔法を駆使して距離をとる戦法のようだ。しかし、ストロングは破壊魔法を上手く躱し、あっという間に距離を詰める。

刀による刺突はそうそう防げるものではない。

「愛刀「黒狼妖変化《こくろうようへんげ》」による刺突！　技の名を「黒牙突」!!」

いや、いちいち紹介せんでいい。


そうこうしている内に、アークデーモンも攻撃体勢へと移っていく。アークエンジェルとアークデーモンが戦場を舞い、一人また一人と黒ローブを屠《ほふ》っていった。

「くらえ！「落雷斬《らくらいざん》」!!」

ただの袈裟《けさ》斬りだ、それ。

「こいつらは魔人族だな！　頭の角がその証拠だ！」

黒ローブ達の正体は魔人族だった。かなり破壊力の強い破壊魔法の使い手だとは思ったが、そういう事だったのか。アークエンジェルもかなりてこずっていたしな。俺たちが下に降りていたら足手まといになっていたに違いない。

「全部倒したから情報がとれなかったじゃないか」

「すまんハルキ！　気づいたら全員斬っちまってた！　普段はこういう事はないんだが！　不覚！」

ノリノリで戦ってたもんな、お前。

「しかし、お前がそんなに強いとは思わなかったよ」

「はっ！　フランのジジイやマクダレイに鍛えられたからよ！　何度も死ぬかと思ったけどな！」

それは可哀想に。

「あと、ハルキの心配は大丈夫だったようだぜ！　俺の部下が後方で待機してたこいつらの仲間を二人確保したとよ！」

気づいたらノームが一匹手紙を持ってきていた。

「隊長と違って、しっかりしているな」

「そうだぜ！　うちの組織は下が働いてるから、上はフラフラしてても構わないんだ！」

いつもお世話になっております。


カーラたちが降りてくる。

「こいつら何なんだ？　いきなり襲ってきて！」

さて、どういう風に説明しようか。

「カーラ。ちょっと待て、詮索は禁止だ。追手《おって》の話も聞いていたじゃないか」

お、ソレイユは話が分かる。

「それに、こいつらはどう見ても魔人族だ。ハルキが襲われるっていうのはそういう事だ」

「え？　分かんないんだけど？」

「分からないなら、それでいい。これ以上の詮索はだめだ」

これはソレイユにはばれてるね。

「ソレイユ、これからどうする？」

ばれている以上は俺らと行動を共にすると命の危険があるという事も分かっただろう。

「このままハルキ達に付いて行ってはダメだろうか？　色々考えたが、俺も男に生まれた以上、これは千載一遇《ぜんざいいちぐう》のチャンスだと考えてる。もちろん、迷惑になるなら諦めるが」

「何の話⁉」

「カーラには後で俺が話をする。絶対に情報は漏らさせない。いいか、カーラ。ちょっと黙っていてくれ。ハルキ、いやハルキ様。俺を部下に加えていただけないだろうか」

真剣な眼差しのソレイユと今までそんなソレイユを見たことのなかったと思われる表情のカーラ。ここまで腹をくくって頼まれると断れるわけないじゃないか。

「セーラさん、いいかな？」

「いいのではないでしょうか？」

「ハルキ！　俺の部隊が今人手不足なんだ！　くれよ！」

ストロングうっさい、だまれ。やらん。

「では、我が手足となって働く事を許そう。働きに期待している」

「はっ！」

ソレイユが跪《ひざまず》く。

「わ、私ももちろんソレイユについて行くよ！」

理解できていないカーラも見よう見まねで跪いてきた。

「おい！　ハルキ！」

「ウォルター。今後ストロングは禁止だ」

「かしこまりました、ハルキ様。これ、思った以上に体力を消耗します」

「…………」

＊＊＊

私の名前はウォルターという。レイクサイド召喚騎士団に抜擢されてからの私の人生は変わった。それも全ては我が主のおかげである。

「ハルキ様、そんなに落ち込まなくてもいいじゃないですか。ほら、この羊の香草焼き、絶品ですよ」

「あああ、ごめんよう。ハルキ様ぁ。私、そんなつもりじゃなくて……」

このテーブルに突っ伏しているのが我が主である。名前はハルキ＝レイクサイド様だ。

「ハルキ様、そのような些細《ささい》な違いなど気になさる必要すらありません。あなたは人類の希望なのですから」

私がいくら助け舟を出そうとしても主は落ち込んだままである。あまりにも反応に乏しいために奥方様に羊の肉を無理矢理口に入れられている。

「……もうだめだ……死のう……」

お約束のフレーズを聞きながら、今回はどのくらいの期間落ち込んでいるのだろうかと思案する。結局は勝手に立ち直るのを待つしかないのだが、かなりの時間をかけるか緊急事態にでもならない限り、この主は立ち直ろうとしない。

「カーラがあんな事言うからだぞ」

「あうあう……」

カーラがソレイユに怒られている。こうなった原因はカーラにあるからだ。


ハルキ様がハルキ＝レイクサイドだと気づいたソレイユは部下にしてほしいと言った。しかし、カーラは最後までハルキ様がハルキ＝レイクサイドだと気づかなかった。こいつらは筋金入りのハルキ＝レイクサイドのファンだった。

「ハルキ＝レイクサイド様を知らないのか？」

いつまでたっても気づかないカーラにこう聞いたのが間違いだったのだろう。

「知ってるに決まってんじゃんか。ハルキ＝レイクサイド様はね……」

こうしてカーラの想像の中のハルキ様像を語り出した。挙句の果てに……。

「こっちのハルキと違って、紅竜の方のハルキ様は……」

と、理想像を語り出した。慌てたソレイユにも気づかず、かなり長い事。

気づいた時にはハルキ様はいつものorzポーズをとっていたというわけだ。こうなると奥方様でもちょっとやそっとの事では立ち直させるのは難しい。

「どうしましょうか？」

「奥方様、そろそろ領地の方も限界に近くなってきております。ハルキ様に伺いたい案件が意外にも多くてですね」

「では、帰る事にしましょうか」

「はい、それに昨日フラン様に所在がばれたとの連絡がありました。本日中にはエル＝ライト領に出現するでしょう。私どもではとても守り切ることは不可能かと存じます」

レイクサイド領ではフィリップ様を始めとして優秀な人材がハルキ様の留守を守っているが、どうしてもハルキ様でしかできない事というのがある。騎士団の編成や訓練の内容なども確認していただきたい事が多く、緊急の場合には私のところに魔道具による連絡が来る事になっていたが、この魔道具を使うにはかなりの予算が必要となるためにできればハルキ様に帰っていただくのが一番良い。

「奥方様が協力していただけると助かります」

「そろそろ、レイクサイド産の美味しい物が食べたくなってきたところだったんですよ」

「…………」

次の日、無理矢理ウインドドラゴンを召喚させられたハルキ様は鞍に縛り付けられてレイクサイド領へと帰って行かれた。私はエジンバラ領の諜報員を始末してから帰らねばならないために同行しなかったが、ウインドドラゴンに初めて乗ったカーラとソレイユの叫び声が聞こえたような聞こえなかったような……。

召喚獣

フェンリル FENRIR

大型の黒狼型の召喚獣であり、雷を操ることができる。人間であれば二人まで乗せられる体高と体長であり、鞍を装備させて騎獣として使役する事も多い。知能は高く、召喚士との会話が可能。主に陸上の移動のために召喚されるが、平地だけではなく森の中などの悪路でも問題なく移動することができる。鋭い嗅覚を始めとした感知能力の高さから、見張りとしても非常に有能とされる。

契約素材：ダイアウルフの牙、雷の魔石、羊皮紙

第五章

リア充は爆発しろって言われても……。

「いたぞ！　そっちだ！」

竜に跨った男は愛する人を抱き、追跡者から逃れるために森の中を飛んでいた。今まではこんな事はなかった。彼を乗せた竜が飛べばすべてを置き去りにする事ができるはずだった。

「いいか！　二人一組で事に当たれ！　翼付近への召喚には気をつけろ！」

追跡者の指揮を執るのは鉄巨人の二つ名を持つ騎士。その統率力は目を瞠るものがある。

「くそ！　拘束せよ！　ノーム!!」

「すんません、こっちもノームッス!!」

回り込んできた飛竜に乗った騎士とお互いに大量の妖精を召喚し合う。本来であればそれで両方の竜が落ちて相打ちで終わるはずだったが、相手が悪い。

「こっちにもいるよ！　いけぇ！　れっどら!!」

彼にまとわりついた大量の妖精ごと飛竜が吹き飛ばされる。飛ばしたのは深紅の巨竜の尾だ。たまらず飛竜は還ってしまい、宙に彼らと鞍が投げ出される。必死に妻を抱きかかえ、叫ぶ。

「ウインドドラゴン！」

紅竜よりさらに巨大な風竜が召喚され、彼らを上空へと逃がす。しかし……。

「アイアンゴーレムズ！」

タイミングよく鉄の巨人が二体召喚され、風竜の翼の付け根をそれぞれ固める。あまりの重さに地面へと一直線に落下し、爆音とともに巨大なクレーターが形成された。その衝撃で風竜さえもが還ってしまう。

「ぐはぁ！」

鞍ごと鉄巨人に捕獲され、彼は絶望を知る。

「……まいった」

ここはレイクサイド領の領主館周囲の森。

「ありえん！　ありえんぞぉぉ!!　坊っちゃまが捕獲されるなど!!」

「フラン様、時代が変わったのでしょう」

「ええい、うるさいマクダレイ!!　突っ立ってないでこのノームどもをはがせ!!」

レイクサイド召喚騎士団第二部隊隊長ウォルター立案による「緊急時飛行体捕獲訓練」が実施されていた。二十四時間いついかなる状況でも対応できるようにシフトまで組んでいるこの訓練は、その兆候こそあるものの開始時間が知らされない訓練であるため、召喚騎士団の若手は緊張を絶やすことなく生活している。基本的には領主館が開始場所であるが、それも定まってはいない。ある日ある時突然開始される訓練は騎士団と召喚騎士団による迅速な情報伝達およびワイバーン部隊による対象の捕獲を基本としている。

対象はもちろんハルキ＝レイクサイド次期領主。ウォルターによる分析では、ウインドドラゴンが上空まで逃げれば失敗の可能性が高く、それをどうにかする事ができれば数による包囲網と波状攻撃が有効としてある。相手の弱点は奥方を連れださねばならない事。事前の情報戦も重要で、兆候を察したら部隊を配置しておく事も出来る。ちなみに、今回取り逃がしてしまったとしても、夕飯は奥方の好物を用意していたので次期領主は戦う前から負けていたのである。


「もう俺はいらないんじゃないかな？」

「ハルキ様、今晩は急に献立がロックの唐揚げになったそうですよ。何故かこの鞍に献立表が挟まってました。逃げられなくて良かったですね。やったー！」

「だってあいつら本気で殴りかかって来るし……召喚獣強制送還されたの初めての経験なんだけど……。セーラさん、聞いてる？」

レイクサイド召喚騎士団の団長室。

召喚騎士団の増強はいまだに続いている。かなりの数のワイバーンを確保できた事で、部隊長をはじめとして主力の召喚士の魔力を温存した状態で鞍の後ろに乗せて飛ぶ事に専念する召喚士の育成も始まっている。今回フィリップのアイアンゴーレム二体召喚ができたのも、部下のワイバーンに乗せてもらっていたからだ。

「いい訓練だった。課題もあるがおおむね合格点だろう」

鉄巨人フィリップ＝オーケストラ。その二つ名にふさわしい能力を誇るこの騎士は、軍事に政務に獅子奮迅《ししふんじん》の働きを見せて、このレイクサイド領になくてはならない人物となっている。ちまたではマジシャンオブアイス、ロラン＝ファブニールとどちらが優れているかで論争になるらしい。

「ウォルター、部隊の集合をもう少し速めたい。ここが戦場だと仮定して、奇襲に対する反応とするとあとどれくらい速くすべきだろうか」

「奇襲の規模にもよりますが、平時でなければ部隊編成は今よりも整っているかと。むしろ今回、隊員が各所に散らばっていたことを考えると十分な反応速度ではありませんか？」

「うむ、確かにそうだな。だが、もしこれよりも速くさせるにはどうする？」

「各隊長に魔道具を配りますかね」

「予算は大丈夫か？」

「テトの部隊を魔物狩りに出させましょう。魔石を持参できればたいした金額ではありません」

「では、そのように手配を」

「了解しました」


ここは領主館中庭。二人の騎士見習いが突っ立ってる。

「ねえ、ソレイユ」

「なんだ？　カーラ」

「レイクサイドの訓練がこんなにもレベルが高いとは思わなかったよ。私たち、何にもできなかったね」

「そうだな。精進あるのみだ」

「そうだね」

この前から次期領主の護衛を務めている二人。もとは冒険者らしい。

領主館城門付近。

「今回はうまくいったッス」

「そうだね、僕のれっどら見た？」

「ノームだらけで全然見えなかったッスよ。でも、ワイバーン強制送還させたらしいッスね。よくやったッス」

「えへへ～」

「さすがに魔人族に狙われている今、ハルキ様は外に出てちゃダメッスね。ハルキ様には悪いけど次も頑張るッスよ」

喋っている言葉からはそうは思えないが、「フェンリルの冷騎士」ヘテロ＝オーケストラと「紅《くれない》を継ぐもの」テトはレイクサイド召喚騎士団の最大戦力であり、一兵卒からすると畏怖の対象である。実際、門番の緊張具合は半端ではない。彼はメノウ島奪還時のヘテロを実際に見ている。


そしてレイクサイド領主館内。

「あなた、ハルキさまは次は必ずフィリップ様の予想を上回ってこられるわ。今回はウォルターの作戦がうまくいったけれど、次はないわね」

「そ、そうなんだ」

「ですので、こちらを後でセーラさまにお渡ししてください」

「これは、クッキーかい？」

「次、ハルキさまがお逃げになられる時に前もって教えていただくのよ。それで騎士団も活躍なさってくださいな」

「あっ、そういうことか」

「一回しか効かないから、次は何を作りましょうかね。あ、アラン様。クッキー食べます？」

「破壊の申し子」も「聖母」にかかっては形無しである。


しかし、平和（？）なレイクサイド領の静寂を打ち破るかのように、王都ヴァレンタインからの使者が訪れる。

「魔人族が再度攻めてくる兆候があります。ハルキ＝レイクサイド様には急遽《きゅうきょ》王都ヴァレンタインでの会議に出席していただきたく、参上いたしました」

王都からの使者はこう述べた。しかし……。

「いえ、うちからは領主のアランと騎士団長のフィリップが……モガガ」

さっとハルキの口を塞ぐウォルター。

「すぐに参上いたします。使者様はハルキ＝レイクサイドのウインドドラゴンで明日にでも王都へお送りいたしましょう」

「……モガガガ、親父！　てめえ！　……モガガ……」

「それはありがたい！　では明日の朝、楽しみにしております！」

「……モガガガ……ウォルター！　放せ！　……モガガ」

こうしてハルキ＝レイクサイドは王都への出立の前の晩に脱走を企画したが、ヒルダ特製クッキーでセーラが買収されていたため配置済みだったほとんどの部隊によって、緊急実施された第二回飛行体捕獲訓練にて捕獲された。次の日、魔力ポーションがぶ飲み状態のまま使者とともにワイバーンの大部隊に護送され王都へ出発したのであった。

＊＊＊

王都ヴァレンタインでは魔人族の動きが活発になったとの情報を受けて、各地の領主や騎士団長が作戦会議のために集まりつつあった。もちろん各領地の騎士団はいつでも戦線に派遣できるように準備を整えながらである。各領主には使者を派遣してある。

「なにを悠長な事を！　使者の派遣などと、早馬でも何日かかることか。魔道具で済ませる事はできんのか!?」

宰相クロス＝ヴァレンタインは現王アレクセイ＝ヴァレンタインの甥《おい》にあたる人物で、四十歳手前の若さにして宰相位に就いている。周囲からその有能を認められているにもかかわらず、王都周辺の貴族からは若さを理由にないがしろにされる事が多い事で苦労していた。

「もっとも遠いレイクサイド領まで片道二週間はかかる。ハルキ＝レイクサイド次期領主が一か月も会議に参加せずにどうやって迎撃作戦を立てろというのか!?」

貴族どもの嫌がらせはこんな緊急の時にまで及ぶ。いつか粛清してやろうと思いつつも、今それができる状態でない事に、若き宰相は苦虫を噛みつぶすような顔をするしかなかった。

「ハルキ殿はすぐ来ますよ」

若き宰相のもっとも頼りにしている領主、ジギル＝シルフィードはあっけらかんと言い放った。

「彼は、やる時だけやる男なんです。やらなきゃいけない時限定というのが面白いところなんですけれど」

「そう言えば貴公自慢のアイシクルランスが模擬戦といえどもなす術なく蹴散らされたという噂を聞いた」

「事実だけに否定のしようもありません。まあ、我がアイシクルランスは敗北を糧に進化しましたので次は負けませんが。人類最強とか言われて腑抜けていた我々にはちょうどよい薬でした。まだまだ精進が足りませぬな」

現在アイシクルランスは「氷の雨」が防がれた場合のシミュレーションを活発に行っている。コキュートスによる氷属性無効化から始まり、敵が散開して一点集中できない場合などさまざまな場面に対応できなければこれから先は生き残れないと危機感を募らせているのだ。

「貴公がそれほどまでに心酔するとは、ハルキ＝レイクサイドはよほどの人物なのだな。人類の存続を託せるほどの者が出てきたのは喜ばしいものだ」

「……それはちょっと、違うかもしれませんよ」

「違うとは？」

「彼は、一言で言うならばヘタレなんです」

「やだよ。行きたくないよ」

ここはスカイウォーカー領上空。一頭のウインドドラゴンが二頭のレッドドラゴンと三十頭のワイバーンによって逃げられないように囲まれながら飛行中である。前方はテトのレッドドラゴン。その巨体は風竜には劣るものの、並みのワイバーンでは勝負にならない大きさを誇る。そして中心のウインドドラゴンの背後にはフィリップのレッドドラゴンがまるで何かを圧迫するように飛行していた。

ウインドドラゴンの両隣には二人乗りのワイバーンが。ウォルターとヒルダはいつでもアイアインゴーレムを召喚できるように魔力を温存中である。

「もうフィリップとテトがいればいいじゃないか。前回の五倍の戦力を調《ととの》えたんだ。俺がいなくても問題ないよ」

「そんな事言っちゃだめですよ。ほら、しっかり前向いて。使者の方の前なんですからもっと堂々としてくださいね」

「うう、分かったよ」

ウインドドラゴンにはハルキとセーラの他に王国からの使者とフランが同乗している。

「ハルキ＝レイクサイド殿!! 私は今! 猛烈に感動しております! あなたがいれば人類は安泰です! ありがとうございます!!」

使者が後ろで叫んでいる。ゴーグルの中は涙でいっぱいで前が見えてなさそうだ。彼としても一刻も早くという思いで、レイクサイドまで急いできたのだろう。緊急時の魔道具の使用を提言する必要がありそうだ。

そうこうしているうちに王都ヴァレンタインが見えてきた。

「では一旦高度を上げるッス。城の中庭に着陸許可をもらってくるッスから一番最後にゆっくり降りてきてくださいッス」

ヘテロ達の部隊が先行する。部下を含めて五名の隊員だけが真っ黒なマントにレイクサイドの紋章とフェンリルの刺繍がしてあって厨二病全開だ。

「よいか！　打ち合わせ通りに降りるのだ！　衝撃波で城を壊さないように注意を払え！」

フィリップの指示でワイバーン達がぐるぐると回りながら降下していく。その間にゆっくりとテトのレッドドラゴンがまっすぐ降りていく。

「こら待て！　お前らまたなんかやらかすつもりか⁉　エンターテイナー・フィリップか⁉」

「楽しみですね、ハルキ様。ビシっと格好良く決めてくださいね」

「……うん、頑張ってみる」

クロス＝ヴァレンタインの所に、レイクサイド領からハルキ＝レイクサイド次期領主が到着したとの先触れが届いた。

「なんと早い。では、城門まで出迎えいたすとしようか」

他の領主たちもかなりの数が集まっているがそれでもまだ到着していないものもいる中、最も遠距離にあるレイクサイド領からはまだまだ時間がかかると思われていた。

「それが、レイクサイド領の使者が言うには中庭に到着するとのことで……」

ジギル＝シルフィードが中庭を使わせてほしいと言っていたのはこれか!?　少数のワイバーンで先行して来たのだな。

「中庭であったら、アレクセイ王もご覧になる事ができるはずだ」

城の中庭はかなりの広さがある。庭園の他に騎士団の練兵場や宣戦布告を兵士たちに聞かせるための集合用の広場がある。

「王にもご報告しろ。ぜひともレッドドラゴンをご覧になりたいとおっしゃっておられた」

「かしこまりました」

中庭に出ると五頭のワイバーンがすでに到着していた。召喚士は五名とも漆黒のマントで揃えており、なんとも頼りがいのある風貌だ。マントにはレイクサイド領の紋章とフェンリルが刺繍されており、あれが「フェンリルの冷騎士」ヘテロ＝オーケストラの率いる部隊なのだろう。アレクセイ王が中庭に現れるころに続々とワイバーンが城の上空を旋回しだした。

「一体、何頭のワイバーンが⁉」

これがレイクサイド領の力か？　数年前までは田舎の弱小領地であり今回のような会議には呼ばれもしなかった土地の軍隊か？

一頭ずつ、ワイバーンはゆったりと着陸しては王に向かって頭《こうべ》を垂れる。忠誠を示しているのだ。着陸したワイバーンからそれぞれ二名ずつの騎士が降りて、王に向かって跪く。

中庭の中心を避けて十五頭ほどのワイバーンが降りてきた。その他は物見の塔など城の周辺に降り立って、それぞれ忠誠の証《あかし》を立てる。なんて演出だ。

「これは……」

「またしてもワイバーンの数が増えておりますな」

「ジギル殿か。正直見誤っていた。これほどの戦力をレイクサイドが有するとは」

「おや、レイクサイド召喚騎士団はこんなものではありませんよ」

まだ増えるというのか？　そうこうしていると深紅の巨体がゆっくりと中庭に降りてくる。噂に名高いレッドドラゴンだ。

「おおお……」

周辺でもざわめきが起こる。ハルキ＝レイクサイドの二つ名にもなっている紅竜の登場にほぼ全員が呑《の》まれてしまっていた。しかし、その後の展開は予想を覆すものだった。

「あれがハルキ＝レイクサイド……思った以上に若いな。というか幼い。まるで成人していないかのようだ」

「クロス殿、あれは第四部隊隊長のテト殿です。たしか来年成人の儀ですな」

「なっ⁉　だが、レッドドラゴンに…」

「おや……？　また降りてきましたな」

目を疑う光景だった。なんとレッドドラゴンがもう一頭降りて来たのだ。先程のレッドドラゴンは端へ寄る形で忠誠を示している。もう一頭のレッドドラゴンからは逞しく若い騎士がおりてきて忠誠を示す。

「ほう、あれがハルキ＝レイクサイド……」

「あれは筆頭召喚士フィリップ＝オーケストラ殿です」

「なんと⁉　では、ハルキ殿は来られないのか？」

「いえ、真ん中が空いてますよ」

確かに中庭の中心部をあけるようにしてレッドドラゴンとワイバーンが配置されている。すると、さきほどのレッドドラゴンを超える巨体がそれこそ優雅という言葉がふさわしいように降りてきた。まるで絹がふわっと舞うかのような動作で降り立ったその竜は一度首を大きくあげると、その後に頭を垂れる。鞍から四名ほどが降りてきて、忠誠を示した。そのうちの一人がハルキ＝レイクサイドなのだろう。

「レイクサイド領次期領主ハルキ＝レイクサイド参上つかまつりました。我がレイクサイド騎士団、レイクサイド召喚騎士団は王への忠誠を誓います」

あのアレクセイ＝ヴァレンタインが圧倒される姿を見られるとは!?

「よ、よく来た。ハルキ＝レイクサイドよ。貴公の忠誠をうれしく思う」

「ははっ、ありがたき幸せ」

「楽にせよ。貴公らの騎士団を見ていると、先程まで魔人の襲来で頭を悩ませておったのが嘘のようじゃ」

「微力ながら、身命を賭す所存にございます」

これならば魔人族はなんとかなるかもしれない。年々過激になっている襲撃に頭を悩ませていた。今回は大丈夫だろうという安心感がある。

だが、これは一領地が持っていていい戦力なのだろうか。他を圧倒するレイクサイド召喚騎士団を見て、クロス＝ヴァレンタインは戦慄を覚えずにはいられなかった。

魔人族と人類との大きな差はその魔力にある。魔力の種類も量も違い、魔人族からすると人類の魔力は一目で見破ることができる。さらに魔人族の平均的な魔力は人類の倍以上あり非常に強靭な戦士であり魔法使いである。もともとは自然発生していた一部の人型魔物が繁殖をして数を増やしだしたのが種族発生のきっかけと言われており、人類とは種族の成り立ちそのものが違う生物である。

しかし、魔人族が人類の魔力を見破る事ができても人類に魔力を感知する能力はない。このため、現在に至るまで人類の中に魔人族の諜報員が混じることができても人類は魔大陸に潜伏し情報を得ることができなかったのである。魔人族はそのほとんどが戦闘を好むと言われているが、所詮噂でしかない。今まで人類と戦争以外で接触を試みた魔人族はほぼおらず、魔大陸から人類を駆逐した後も、接触らしい接触はなかった。魔人族にとって魔物は別種族であるが、人間でいう家畜のような存在もいる。それらは魔人族の騎乗動物となり、労働力となり、戦争の道具となった。単眼の巨人ギガンテスなどが有名である。

しかし、そんな中、人類と共存をしてもよいと思う集団が現れているという。彼らはエル＝ライト領から遠く東の島に建国した。一人の魔王のもとに集う自称・平和をこよなく愛する国なのだそうだ。史上初めて人類と魔人族が接触したのは、先月の事である。国の名前は「ヒノモト」。彼らの使者はまずは同盟と交流を望み、その対価として他の魔人族の国「エレメント」の侵攻が近いという情報をもたらしたという。

「いままでフラットに襲撃を加えていたのはエレメントという国だそうだ。建国してから千年を誇る最も古く大きな国だそうで、北の魔大陸のほとんどをその手中に収めている」

王都ヴァレンタインの王城に設置された会議室。現王アレクセイ＝ヴァレンタインを始めとして各領地の代表とそれぞれの騎士団の主なものが会議に出席している。議長はクロス＝ヴァレンタイン宰相が務める。

「この情報がどこまで信用できるかは定かではない。魔人族の言う事など信用できるとは思えないと考える者も多いだろうが、これ以外に襲撃の情報がないことも事実である」

「おい、フィリップ」

「はい」

「発言しなくちゃならなくなったら任せたぞ。イツモノヨウニ」

「御意。後はお任せください。その代わり、逃げ出す事のないように」

「うう、分かったよ」

「情報によるとエレメントの侵攻部隊の規模は前回を上回るとの事。それに対する我が軍の編成だが……」

「そういえば、ウォルターに任せてたエル＝ライト領で捕虜にした魔人族は特に何も情報を持ってなかったな。あいつらはそのエレメントの魔人族なのか？」

「おそらく、その様です。聞き出した魔人族の潜伏拠点は全て潰しましたが、その他は不明ですね」

「後でクロス殿にも情報を伝えておいてくれ」

「承知しました」


「以上より、エレメントが攻めてくるのはまたしてもフラット領と思われる。これに関してジルベスタ＝フラット殿はどうお考えか？」

「我が領は代々魔人族の襲撃の最前線であった。今更魔人族の国の名前が分かったところですることは変わらない。やってきたものを叩き潰すのみ」

「では、今回はまずこの情報が正しいと仮定して対策を取ろうと思う。また、もしこれがヒノモトによる陽動であった場合に備えての策も考慮したい」

「陽動であった場合には我がエル＝ライト領が狙われる可能性が高そうですな。その『ヒノモト』が東に存在するわけですから」

「うむ、今回はエル＝ライト騎士団は領地防衛に徹していただかざるを得ないと思う」

「我がアイシクルランスをフラット領へ派遣いたしましょう。メノウ島あたりに野営させてもらえば魔人族に対する監視にもなりましょうし」

「そうしていただけるのであれば、野営ではなく砦《とりで》を建設致しましょう。我が軍も常駐いたします。前回はあそこを取られたがために苦戦しましたからな」

「それはありがたい。レイクサイド領も軍を派遣していただけますかな？　そちらの飛竜は情報の伝達には最適だ」

おい、ジギル。お前、フラット領を信用してないだろ。

「僭越ながら主に代わりまして筆頭召喚士フィリップ＝オーケストラが答えさせていただきます。我がレイクサイド召喚騎士団より飛竜部隊をお貸しいたしましょう。さらに承認いただけましたらフラットの町にも軍を派遣し、有事の際には迅速に行動させていただければと思います」

「おお、レイクサイド召喚騎士団が前線で展開してくれるならば安心だ」

ジギルめ、しらじらしい。

「ただし、先の防衛線はあくまで奇襲が成功しただけにすぎません。今回はこちらに紅竜がいることは分かっているはずですし、楽観はできないかと存じます。現に、前回の防衛戦での魔人族の編成は明らかにアイシクルランスを意識しての物でした。紅竜の対策はしてくるのではないかと思われます」

「ふむ、たしかに油断は良くない。まあ、紅竜の対応策と言われても具体的には思いつかんが。今回は我らを圧倒した氷の魔人もいるし、前回と比較してこちらも戦力は増強されている。ほとんどレイクサイド領の増強だがな」

ええい、負けるなフィリップ。

「シルフィード領のアイシクルランスも進化を遂げたと聞いております。ご活躍を期待しております」

「ふふふふふ」

「ふふふふふ」

……やだ、帰りたい。

「ではフラット領に軍を派遣する領地とエル＝ライト領に派遣する領地を分けるといたすか。あとは派遣の規模と情報伝達の方法だが……」

会議は長い。もう帰りたいよ。

「疲れたー」

「よく頑張られました、ハルキ様。このケーキおいしいですよ。はい、あーん」

「セーラ、こっちにもくれ。糖分が足りん」

「はい、どうぞ」

「待てぃ！　お義父さんはいいとして何故、貴殿がここにいる」

レイクサイドに割り当てられた部屋に帰ると、何故かジギルとロランがついてきた。まあ、ロランはセーラの父親であるから当然としてもジギルは関係ないだろう。

「良いではないか、貴公と私の仲だ」

「お陰様で我がレイクサイド召喚騎士団は前線で雑務に勤《いそ》しむことになりましたがね」

砦建設にゴーレムをよこせとまで言ってくるとは。

「ジルベスタ＝フラットに任せておったんじゃいつまでたっても砦なんぞ建設できんではないか。減るもんじゃあるまいし、快く提供したまえ」

「減るんです！　魔力がっつり減るんですよ！　意外と効率悪いの！」

「ははは、そうであった。エジンバラの馬鹿が真似しようとして大変な事になってたな」

エジンバラ領ではレイクサイド領の真似をしてノーム召喚による屯田を行ったそうだが、結果は芳《かんば》しくなかったという。畑仕事がなくなった領民がさぼりにさぼって、結局生産能率が下がるという事態に陥り、また召喚士の増強にもあまりならなかったそうだ。二十四時間召喚をしていなくて更に効率が悪くなっているのが原因なのであるが、誰も気づいていない。

「だいたい、ハルキ殿は何も発言していなかったではないか。ほとんど私とフィリップ殿の話し合いだったぞ。フィリップ殿は武勇だけでなく、こういった駆け引きまでできるとは恐れ入った。我が領地に来ないか？　妹を嫁に出すぞ？」

「なっ⁉」

「恐れながら我が主君はハルキ様だけです」

「お、おぉぅ。うちのフィリップの忠誠心を試してもらっては困りますな」

「ははは、冗談だ。しかし妹を嫁にだすというのは冗談ではないぞ、前に向きに考えないか？」

「⁉」

「はははっ。まんざらでもなさそうだな」

「もう、ジギル様はお戯れがすぎます」

数週間後、人類は易々《やすやす》とエレメント魔人軍の撃破に成功することになるが、本当の脅威はそれからだった。

＊＊＊

フラット領北部メノウ島。前回魔人族襲撃戦の折、フラット騎士団が撤退したため魔人族の前線基地として使われた島である。北部には特に障害なく船で上陸できる海岸があるが、南部には浅瀬が広がり、大きな船の走行を妨げる岩礁がいたるところにあった。魔人族の部隊はフラットの町に続く海岸を攻撃すると見せかけて、まずはメノウ島に上陸し、常駐軍を駆逐するところから始めた。陣営化した上で多くの補給部隊が上陸したため、戦争が長期化しても耐えることができるはずだった。

実際は船を近づけさせないはずの岩礁の大岩が鉄巨人たちの手によって海から魔人族の陣営に降り注ぎ、後方の陸地側に突然出現した真紅の巨竜によって前線の陣営は壊滅的打撃を与えられ、その後メノウ島に展開していた魔人族はなす術なく掃討された。

今回はこのメノウ島に人類最強と謳《うた》われた「アイシクルランス」と前回の戦いの立役者「レイクサイド召喚騎士団」が駐留している。急ピッチで進められるメノウ島砦建設計画は、当初の砦建設の予想を大きく裏切り、ジギル＝シルフィードの指揮のもと、北側の海岸が完全に堅牢《けんろう》な要塞と化していた。

「ははは っ！　なんて早いんだ！　うちの連中にもゴーレム召喚の契約条件を教えてやってくれ！」

「企業秘密です」

「ははは っ！　つれないなあ、貴公と私の仲だろう。では、召喚騎士を一部隊ほど融通してくれないか？」

「お断りです」


シルフィード領領主ジギル＝シルフィードは北岸の視察に来ている。エレメント魔人国から襲撃されるとあればここが魔人国から最も近く、他の海岸線にたどり着こうにもここから視認できる場合が多い。

「これだけ建設速度が早ければあれも作れるな。おい、見張り塔の設計を急げ、場所はあの崖の上でそれこそ灯台としても使えるようにだ」

「ローエングラムの親父のなんとか＝フラットがいないからって、やりたい放題ですね」

「当たり前だ、ジルベスタの金とハルキ殿の労働力で人類防衛の名誉が手に入るのだ。多少の徹夜なんぞは苦にもならない」

「人の金で人を使って、いいところだけ持っていく計画ですね。そして昨日はぐっすりお休みだったと思いますが、うちの宿舎で」

「ははは っ！　テト殿の狩ってきたグレートデビルブルがあんなに旨いとは思わなかった。ついつい酒を飲みすぎたな！」


ジギル＝シルフィードに無理やり付き合わされているのがハルキ＝レイクサイドである。ちなみに、会話しているのはフェンリルの上。二人乗りを希望したジギルを拒絶し、ヘテロ＝オーケストラが運転手として駆り出されている。

「クロス＝ヴァレンタイン宰相によると、そろそろエレメント魔人国が攻めてくるらしいからな。英気を養うのも指揮官としての務めだ」

「ん～、それなんですけどね。ちょっとした作戦がありまして」

「お、なんだハルキ殿！　そういうのは早く言ってくれ！」

「まあ、おいおい説明するつもりだったんですが、もしかしたらこの要塞、今回は使わないかもしれませんよ」

「本当か？」

「はい。しかも、損害をかなり少なくした上で圧倒できる可能性があります。でもジギル殿に教えるのはちょっと……」

「何故だ？　私が知って不都合な事があるのか？」

「上手く行った場合、あまりにも一方的な戦いになりすぎて、レイクサイド領が他の全ての領土から恐怖の対象として見られる場合があるんですよね」

「そ、それほどに凄まじい作戦なのか……？」

「ええ、だから俺は魔人族相手にしか使うつもりがないんですけど……」

「……ごくり」

「シルフィード領がレイクサイドの敵にならないと宣言してくれるならお教えします」

「そ、それはもちろんだとも。いくら我らがアイシクルランスといえどもレイクサイド召喚騎士団と戦って無事に済むとは思えないしな。まあ、負けるつもりはないが。それに貴公と私の仲だ」

「では、……ゴーレム空爆です」

「ゴーレム空爆？」


数週間後、五十隻を超える大船団でフラット領に侵攻しようとしたエレメント魔人国は、レイクサイド召喚騎士団の偵察ワイバーンにあっけなく見つかり、二人一組の召喚騎士たちが破壊魔法の届かない高度から召喚投下するクレイゴーレムによって、丁寧に一隻ずつ沈められていった。もちろんレイクサイド召喚騎士団に損害はなし、エレメント魔人軍は文字通り全滅し一兵も帰還できなかった。

　この大戦績をなしとげた召喚騎士団は凱旋後、魔力ポーションがぶ飲みでパンパンに張ったお腹でしばらくの間動けなかったという。

　まさかこの地面にぶっ倒れて「もう飲めません」とつぶやいている部隊がエレメント魔人軍を全滅させたとは誰も思わず、ハルキ＝レイクサイドは戦いがあったことすらごく少数を除いて口外を禁じた。


「貴公は異常だ」

　事情を知っている数少ない人、ジギル＝シルフィード。

「ちょっと待って、今お腹パンパンで苦しいから」

「理由を聞けば確かにこの歴史上最大最高の功績を公言しないというのも理解はできなくもない。が、それは力で抑えつければいいだろう。その無欲さが理解できない」

「いや、もう腹がタプンタプンでいっぱいです。もう飲めません」

　魔力ポーション飲みながらクレイゴーレムを十体以上召喚したのはハルキ＝レイクサイ

ドのみだった。ちなみにフィリップが八体。テトが九体。一撃で沈没しなかった船が何隻かあったのが致命的だった。お腹的に。

その後フラット領とエル＝ライト領に集合した各地の騎士団はいつエレメント軍が襲ってくるのかも分からず、結局三か月間もの滞在をすることになる。

何故か主力と思われていたレイクサイド領とシルフィード領、さらにスカイウォーカー領は、交代で領地に帰る騎士が意外にも多く、ジギル＝シルフィードやハルキ＝レイクサイド、ルイス＝スカイウォーカーは側近たちを引き連れてフラット領の観光ばかりしており、何故かフラット領が財政的に潤ったのはここだけの話である。

＊＊＊

「そちらの情報は当てにならなかったな。いつまでたってもそのエレメントとやらが攻め入って来ぬではないか」

王都ヴァレンタイン。クロス＝ヴァレンタイン宰相は訪問客に渋い顔を向けていた。客は黒のローブにフードを目深にかぶっている。正直、王城でこんな格好をしていたらむしろ逆に目立ってしまうのであるが、どうしても正体がばれるわけにはいかないとの事で仕方なくこういった格好をしているのだそうだ。

「それに関してはこちらも混乱している。確かな情報でエレメントの五十隻にもおよぶ大艦隊がここに向かって進軍していたはずだが、ある日突然消息を絶ったのだ。一隻も帰還しておらんので、ヴァレンタイン軍が撃滅したものだと思っていた」

「ふん、来ていないものは来ていない。それに今の段階で信じろという方が無理があるというもの。同盟と交流に関して前向きに考えていたが、これでは再検討を有するな」

「それは困る！　我々ヒノモトはヴァレンタインと戦争をしたいわけではない。最低でも不可侵条約は結んでもらいたい」

「信用とは積み重ねるものだ。まあ、結論を急ぐ必要がないことも事実。こちらも戦争をしたいというわけでもない。エレメントとやらの侵攻を防ぐ事が第一だ」

「それは有り難い。今回は上手くいかなかったが、また有益な情報を持って来よう。ヒノモトがヴァレンタインの力を借りられる日が来る事を願っている」


「今すぐ魔王様に報告しろ。エレメントはヴァレンタイン大陸の北部沖で消息を絶ったが、ヴァレンタイン軍とは交戦していない様子だと。進路的にはさすがにないとは思うが、我が国も警戒しておかねばならん」

「はっ！」

ヴァレンタイン近郊で黒ローブの集団が一旦集合して、散開する。その行動はヴァレンタインの隠密部隊によって把握されていたのだが、黒ローブの主たちは気づいていなかった。


「魔王か……、レイクサイドの化け物とどちらが与《くみ》し易いのか」

クロス＝ヴァレンタインの苦悩は続く。

＊＊＊

というわけで俺はただのホープ＝ブックヤードだ。

「貴公、いろいろと質問したいことがあるがとりあえずこの状況を説明してもらっても良いか？」

実は、俺の正体はハルキ＝レイクサイド、レイクサイド次期領主にして「紅竜」の二つ名を持つ召喚士なのだ。この青筋立てて怒ってるのがジギル＝シルフィード。シルフィード領主にして、この前さんざん俺のレイクサイド召喚騎士団をこき使ってくれた悪徳貴公子だ。

「ハルキ様、十七回目の脱走がようやく成功したんですけど、どこに行くか決めてなかったんですよ」

仕方ないからシルフィードの町で行きつけのクラブハウスサンド屋に行こうと思ったんだが、せっかくなので材料の肉を高級品にしてもらうために、お義母さんへの挨拶もかねて冒険者ギルドに寄ってクレイジーシープの討伐依頼がないかどうかを確かめにきたところだ。

「その恰好でか」

俺はただのホープ＝ブックヤードだが、空は寒かったので家からマントを持参してきたのだ。マントにたまたまレイクサイド領の紋章が入っていた。それだけだ。

「ハルキ様ったら、変装セットも持ってくるの忘れたんですよ。でも、この恰好の方が私は似合ってると思うんですけどね。ねえ、お母さん」

「セーラ、そういう問題ではないと思いますよ」

今日は冒険者ギルドがやけにうるさいなと思ったんだが、急にアイシクルランスの連中にテーブルを取り囲まれるとは思わなかった。ここはそういうサービスをしているのかな？

「ところで、ジギル＝シルフィード領主がただの冒険者である俺になんの用だ？」

「それはこっちのセリフだ。貴公、今度は何をたくらんでいる？　フラット領とは違ってシルフィード領で問題を起こすんじゃない」

フラット領ならいいのかよ。二人でさんざんやらかしたのは確かだが。

「まだ何も起こしてないだろう。だいたい、俺は冒険者ホープ＝ブックヤードだ」

「フラン殿に睨まれる俺の身にもなってみろ。寿命が縮まるかと思うんだぞ」

たしかに爺の眼力はすごい時があるが。

「おい、ロラン。とりあえずレイクサイド領に連絡をいれて引き取ってもらえ。アイシクルランスから十人ほど護衛をつけておけ。フェンリルやワイバーンで逃げられんように気をつけろ」

「あぁ！　貴様！　裏切る気か!?」

そんな事をしたらウォルター辺りが速攻で捕獲しに来てしまうではないか。

「ふん、うちの領地に来たのが失敗だったな。スカイウォーカー領あたりで大人しくしておけばよかったのだ。はははっ」

ぐぬう。


「では、お迎えがくるまで自由行動ですな。私が護衛につきましょう」

「おお、お義父《とう》さんが付いていてくれるのですか？」

「せっかく嫁に行った娘が帰省中なのです。職権乱用させてもらいますよ。これでもそこそこ偉いんです」

ロラン＝ファブニールはマジシャンオブアイスの称号を持つアイシクルランス騎士団長でセーラの父親だ。冒険者ギルド長ニア＝チャイルドの元の旦那さんでもある。事情があって別れているが、仲は睦《むつ》まじい。

「じゃあ、とりあえずクラブハウスサンドを食べにいきましょうか。クレイジーシープの肉は今回は諦めましょう」

アイシクルランスを十人ほどぞろぞろと引き連れてクラブハウスサンド屋へと行く。周囲が騒ぎまくっているがそんな事は気にしない。せっかくなのでアイシクルランスの皆にもクラブハウスサンドを奢《おご》ってあげる事にした。セーラもともとアイシクルランス所属であったし、ほとんど身内のようなものだ。

「ハルキ様、セーラはもともと食にはうるさい子でしてな」

「ええ、今でもよく食べ物で買収されてます」

「そんな事ないですよ！」

「はは、おそらくそうだろうと思います」

楽しいひと時だが、どうせウォルターの事だ。ワイバーン小隊があと二時間もあれば到着するに違いない。せめて数日は逃避行を楽しみたかったんだが……。

「ハルキ＝レイクサイドだな」

昼食中の俺たちの前に黒ローブの三人組がやってきた。黒ローブとはどこかで見たことがあるがどこだったっけか。

「我々の主がお前に会いたがっている。同行願えないか？」

するとロランがずいと前に出る。他のアイシクルランスの連中も臨戦態勢だ。

「行かせるわけがなかろう。我らをアイシクルランスと知ってのことか？」

ああ、マジシャンオブアイス怖《こえ》え。本気のお義父さんを初めて見る。

「手荒な事はしたくない。大人しくついてきてくれると助かるのだが」

こいつマジシャンオブアイスに勝てるつもりなのだろうか？

「断る。あまり舐《な》めてくれるなよ」

「あー、もうめんどくせえ」

その時後ろから一人の男が現れた。持っているのはウォルターと同じような刀で、防具はつけておらず、見た感じ日本でいうところの着物のようなものを着ている。頭はニット帽のような帽子だ。髪は黒。目も黒。肌がやや褐色であり、こちらの世界では意外と珍しい。

「ま！　魔王様！　なんで出てくるんですか⁉」

「魔王だと⁉」

「あ！　しまったぁ‼」

「おいおい、いきなりばらすなよ。しかもこんな街中で」

魔王…。こいつ頭大丈夫だろうか。あまり関わりたくない。しかし、そいつは帽子を取った。頭に生えている角でそいつが魔人族であることが分かる。

「俺の名はテツヤ＝ヒノモト。ハルキ＝レイクサイドにちょっと聞きたいことがあるだけだ。うちの国はヴァレンタインと敵対関係にはない。お前らと戦う気はない」

そいつはだるそうにそう言った。

＊＊＊

「爆《は》ぜろ！」

広範囲爆発系魔法が俺の周囲で展開される。咄嗟《とっさ》にワイバーンに乗ってなんとか逃れたが範囲が広すぎるじゃないか。余波だけでもかなり熱い。誰だ、戦う気がないなんて言ったやつは⁉

「なんて奴だ！　黒騎士召喚！」

黒騎士は最近眷属になったばかりだが、魔力コストが低めでアークエンジェル級の戦闘力を持っている。空が飛べないのが難点だ。

「うおらぁぁぁ!!」

五体召喚した黒騎士が、テツヤによって斬られ強制送還される。

「くっ、やはり魔王なだけはあるか。出し惜しみしている場合じゃなさそうだ」

ぐびっと改良型魔力ポーション、通称「青い汁」をあおり、叫ぶ。

「コキュートス！」

現れた氷の大巨人が巨大な氷塊をテツヤに叩きつける。

「ぐあああ!!」

しかし、防具もないのに氷塊を受け止めるテツヤ。なんて体をしてるんだ。

「うおら！」

そして氷塊を切断した。しかし、その隙をついてコキュートスがテツヤを殴りつける。

巨大な右手がテツヤの体を吹き飛ばすが、その際にコキュートスの右手も切断されてしまった。

「めちゃくちゃな奴だ。あの刀はなんでも切れるのか？」

「おらおら!!」

コキュートスが次々に氷塊を繰り出し、それをテツヤが斬っていく。たまにコキュートスの残った左手で地面にめり込まされているが、まだ倒れない。

「くらえぇ！」

コキュートスが胴体ごと斬られてしまった。強制送還される。

「まるでチートだな」

すでに魔力は再度回復済みだ。テツヤがこっちに斬りかかってくるが、ワイバーンで回避する。

「ちぃぃ！」

テツヤに苛立《いらだ》ちの表情が見える、体はふらふらしており、コキュートスが与えたダメージはかなりのものだ。もう一息で倒れるのではないか？

「その刀はなんでも切れるみたいだな。だが！　当たらなければどうという事はない」

「てめえは三倍速い人か⁉」

「これで最後だ！」

大量のノーム召喚にアイアンドロイドを組み合わせる。爺に効果的なやつだ。しかし、テツヤはその怪力で束縛を逃れようとする。

「こんなもので俺が押さえられるかぁ‼」

しかし、これは陽動だ。数秒動きをおさえられたテツヤはその間に召喚されていたレッドドラゴンのファイアブレスをもろに浴び、さらにしっぽで地面に叩きつけられた。

「がはぁ!!」

ついに、テツヤは動かなくなった。俺の勝ちだ。

「……これが、俺とハルキの差か……」

＊＊＊

ここはシルフィード領シルフィードの町の郊外にある草原。氷の塊やら、爆発の跡、消し炭になった草が至る所にある。さらに目の前にはなにやら、やりきった感を醸し出しぶっ倒れている魔王。そして般若《はんにゃ》のような顔のジギル＝シルフィードに呆れ顔のフィリップ＝オーケストラとその部下たちに捕獲された俺。

ドウシテコウナッタ?

事の起こりはシルフィードの町のクラブハウスサンドが旨い店でアイシクルランスの連中とともに飯を食っていた時に変な奴に絡まれたのが始まりだった。着物というか浴衣というか、あまり見ない服装をしていたそいつは、自分の事をヒノモトの国の魔王だと言った。

「ハルキ＝レイクサイドに聞きたい事があった。ジギル＝シルフィードでも良かったが。しかし、こんな所でできる話じゃない。確実に周りに誰もいないことを確認できる場所に移動したいが、どこかあるか？」

少し面倒くさい気もしたが仕方ない。俺たちはその自称魔王と三人の部下達と共に郊外の草原まで移動した。領主館の中といえども誰が聞いているか分からないし、この自称・魔王が信用できる相手ではなかったため領主館に迷惑をかけるのもためらわれたからだ。こっちにはお義父さんこと、マジシャンオブアイス、ロラン＝ファブニールがいる。ちょっとやそっとの集団じゃ襲うにも襲えない、シルフィード領が誇るアイシクルランスも一緒だ。襲えるものなら襲ってみろい。

「ここなら、誰も聞いてないだろう。見える範囲では誰もいない」

強めの風が吹く中、魔王は言った。

「エレメントの軍団をどうした？　クロス＝ヴァレンタインに聞いても来ていないの一点張りでどうしても把握しているようには思えん。ならば、現場のお前らが上層部に秘密で何かをした可能性がある。特にお前にはそれができそうだ」

あー、三か月ほど前のあれね。たしかにエレメントが襲ってくるぞぉ！　って、わざわざ恩着せがましく騒いでたのに、結局来なかったことにされちゃったわけで。スマヌ。

「全滅させた、と言ったら？」

「お前らに損害がでたという気配が全くないぞ。メノウ島に配置させてた諜報員からも特に戦闘の記録は上がってきていない。一度だけお前らレイクサイド召喚騎士団の上層部が全員で訓練に出かけたことがあったが、戦った跡は見られなかったと聞いている」

やっぱり、メノウ島にも諜報員がいたんだね。そして、戦闘後に腹いっぱいで倒れてるのを見て訓練と勘違いしたか。

「だが、こっちとしてはエレメントの船団を壊滅させてもらってたら、ありがてえんだよ。なにせ、消息の消えた五十隻のエレメント軍がうちの国を襲う可能性があるかと思うとどうしても警戒態勢を取らざるを得ん。まあ、エレメント本国では軍が綺麗さっぱり消えちまって大騒ぎだがな。船団の一部が漂着したなんて噂もある」

まあ、ちょっと同情はする。もう三か月前の話だし、攻撃方法がばれなかったらいいか。教えてやろう。

「詳細は教えられないが、あいつらは一隻残らず沈めた。次来ても同じ結果だろうな。あ、クロス宰相には言うなよ。ばれたら面倒だ」

「やっぱりかよ！　理由は分からんが、状況から考えるとお前らが何かしたとしか思えんかった。まあ、これでうちの国も少しは息が吐《つ》けるってもんだ。少し安心したぜ」

「そりゃ、どうも」

「あー、安心したら腹が減ってきたぜ。ラーメン食いてぇ」

「だけど、こっちにはラーメンなんて売ってないしな」

「贅沢は言わんからカップ麺でもあればよかったのにな」

「カップ麺だったら俺はシーフードのやつが……」

「……」

「……」

「「お前日本人か!?」」


「ハルキ様、ニホン人ってなんですか？」

「魔王様、私どももニホンなる人種を知らないのですが？」


やべえ、こっちきてから一番びっくりした。こいつ、魔人族のくせに日本人だ。転生魔人だ。俺と同じ境遇じゃないか。初めて会った。

「ちょ、ちょ、ちょっとセーラさん、俺はこいつと二人きりで話があるんで。あ、お義父さんたちも向こうで休んで来たらど、ど、どうですかね」

「あ、ラミィ、ちょ、ちょ、ちょっと俺もこいつと二人きりで話す用事があったんだったわ。そ、そ、そちらの人たちと一緒に向こうのほうで休憩してこいよ」

挙動不審な人物が二人。明らかに周囲から怪しまれているが、説明したところで理解はしてもらえないだろう。それに頭がパニックで一旦冷静にならないといい感じの言い訳も思いつかない。

「ハルキ様、明らかに怪しいですけど、とりあえず二人きりでお話がしたいんですね？　分かりました。私たちは向こうで待ってますから、お二人で話してきてください」

セーラさん！　やっぱり俺は君がいないとダメみたいだ。

「おい、まさかこんな所に日本人がいるとは思わなかったぜ、お前も気づいたらこっちに転生してた感じか？」

「うん、気付いたらこっちで十六歳だった」

「俺は斉藤哲也《さいとうてつや》、○×大学工学部の大学生だった。今年で二十七歳になるはずだがな」

「ああ、俺は川岸春樹、○×大学附属病院の外科医だ。今年で三十七かな。○×大学ってことは同じ大学だったんだな」

「おっさんじゃねえかよ、しかもお医者さまか」

「お医者さまとか言うなよ、それにおっさんじゃねえ。妻子はいたけど」

「そ、そうか。家族と別れて来てんだな。同情するぜ」

「まあ、さすがにもう会えないだろうな。会えても十九の若造になってしまってるし、分かってもらえるかどうか」


テツヤは魔人族に転生したらしい。生き残るためにまわりの魔族をぶっ倒していたら、いつのまにか魔王にまでのぼりつめてしまったそうだ。


「でも俺はもともと人間だろ？　だから、どうしてもヴァレンタインの連中が気になってしまってな。今回もエレメントが大軍勢の準備をしてたからさすがにまずいと思って警告をしたんだ。まあ、ヒノモト自体もヴァレンタインがエレメントに組み込まれたら危なくなるっていう側面もあったんだが」

意外といいやつかもしれない。

「魔人族ってな、見た目がこんなのばっかだし、ものすげえ戦闘狂が多いんだよ。もともと、喧嘩とか全然だめなほうだったんだけどよ、こっちのテツヤの人格に引っ張られてかなり喧嘩っ早くなっちまった」

「……俺もこっち来てからやたらメンタル弱い」

川岸春樹は面《つら》の皮が厚かったからな。このメンタルの弱さはハルキ＝レイクサイドのせいだ。そうだ、そうに決まっている。

「しっかし、本当にここで仲間に会えるとは思わんかった。クロス＝ヴァレンタインは俺らにはあんまりいい顔してくれないけど、お前がいるなら大丈夫そうだな。ヒノモトは少なくともレイクサイド領とは友好関係でいるとしよう」

「ああ、それは助かる。そのうちクロス宰相にもなんとか仲良くできるように説得してみよう」

がっしりと握手をして、レイクサイドとヒノモトの友好は成立した。

「ところで、さっき挙動不審な俺らの気持ちを汲んで、場を治めてくれた女性はハルキの部下か？　いや、美人だと思ってさ。魔人族ってなんか仮面みたいな顔とかゴリラみたいな女しかいなくて……。だから、ヴァレンタインと同盟をとか思ったわけじゃないんだけど、まあ、日本でも彼女なんていた事なかったし……」

「ああ、あれは妻のセーラだ」

「……妻？　妻子は日本にいたんじゃなかったか？」

「まあ、こっちでもう一回結婚した。ハルキ＝レイクサイドとしては初めての結婚だけれど」

あれ？　テツヤがワナワナしている。どうしたんだ？

「……この……」

「ん？　どうしたんだ？」

そしてバッと顔をあげたテツヤは広範囲爆発呪文を放ちながら叫んだ。

「リア充爆発しろぉぉぉぉ!!」

以上がこれまでの経緯だ。分かってもらえると思うが俺は悪くない。

＊＊＊

魔人族の国「ヒノモト」は最近できたばかりの国だそうだ。西をヴァレンタイン、北をエレメント魔人国、東を様々な中小部族国家、南を無人の大陸に囲まれており、とりあえずエレメント魔人国をなんとかしないと国の存亡にかかわる事態らしい。ただし、島々からなる国土のため、エレメントが攻めてくるには船が必要となる。基本的に海戦にはめっぽう強く、それなりの水棲の魔物も従わせているヒノモト国はいままでなんとかエレメントの侵攻を阻止してきた。ただ、去年あたりからその旗色が悪くなっているらしい。

「やたら強い奴がいる。そいつの部隊に当たったやつらの損害は半端ねえ」

ここはシルフィード領主館。とりあえず、魔王テツヤ＝ヒノモトを収容して、ジギルに今回の事を尋問されると同時に現在の魔大陸の情勢を聞くこととした。気分は三者面談だ。しかしテツヤはあれだけやられてたのに、すでに回復してやがる。

テツヤのいう強い奴とは第二将軍の率いる独立遊撃特殊部隊の隊長だそうだ。二つ名を「魔槍《まそう》」という。独立遊撃特殊部隊は数こそは少ないものの、多くの戦闘で勝利の原動力となってきた歴戦の部隊だった。いまのエレメント魔人国は完全な軍事国家であり、このような精鋭部隊が多く存在する。

「ヒノモトは第二将軍の特殊部隊が送られてくるほど大きな国じゃなかった。エレメントの精鋭はほとんどが北や東だけで戦っていた」

エレメント魔人国は北方にも東方にも版図《はんと》を広げている。

「それが、最近かなりの数が南にも出現するようになったとの情報が入った。ただ、ヒノモトとの戦いにはまだあまり出てきてない。確かな筋からの情報だから、もしかしたらヴァレンタインを攻めて全滅した艦隊の尻拭いをさせられるためにエレメントの精鋭部隊がこっちに回されるのかもしれない。北も東もまだまだ版図は残っているとは言え、めぼしい国の主な武将は討ち取られてしまったからな」

魔大陸にとっての乱世である。エレメント魔人国はそんな中で急速に周囲の国々を吸収していた。ただ、ここであまり本腰をいれていなかった南方の大陸で思いもよらぬことが起こる。つまりはヴァレンタイン方面軍の全滅だった。

「やつら、今度は本気でお前らを潰しに来るぜ。いままでは魔力の少ない土地には興味を持っていなかったが、今回はメンツの問題だ」


「というわけで、軍事力の強化が最優先となりました。アイシクルランスには期待しています」

「貴公のせいでエレメント魔人国とやらが本気になってしまったな」

「他人事《ひとごと》のように言わないでください。ジギル殿もあいつら全部沈めてきたら史上最大最高の功績だとか言ってたじゃないですか、だいたい今回の事に関しては共犯ですし」

「なっ⁉　シルフィード領を巻き込むな！」

「共犯ですよ、クロス宰相たちにばらさないのを条件に教えたでしょ！　どうせシルフィードにゃ真似できないけど！」

「できてたまるか、あんなもの！」

人類を代表する英雄二人の討論とはとても思えないレベルである。

「とりあえず、クロス宰相には話を通しておいた方がよいかもしれんな。色々と思うところがあるのかもしれんが、現状では貴公の言う通り軍事力の強化が必要だ」

「あ～、やっぱりそうなりますかね。事後報告になると印象が悪そうです」

絶対に怒られるよね。あ～やだやだ。

「なんでハルキ達はクロス＝ヴァレンタインに船団を壊滅させた事を言わなかったんだ？　ジギルも言っていたがそれこそ史上最大最高の功績だろう」

テツヤの疑問は尤《もっと》もであるが……。

「方法が方法だけに、他領地が怖がるかと思ってねぇ」

「何やらかしたんだ？」

「まあ、ちょっとゴーレムで空爆を……」

「なるほどね、空爆か。そりゃ他の領地の人間が知ったら恐怖でしかねえな。エレメントの連中に対抗手段がなかったのも分かるわ」

テツヤのように現代日本の知識があるとすんなりと説明が通るため、言葉が少なくていい。

「テツヤ殿は空爆が何か分かるのだな？」

「ああ。ジギルは分かんねえのか？」

「それにさっき会ったばかりのハルキ殿と信頼関係があるように見受けられる」

「まあ、そりゃあ、なんというか……」

テツヤよ。これ以上いらん事を言うな。

「テツヤとは以前同じ場所で学んでた事が判明したのですよ」
○×大学のことだけど。
「当時そこで知り合っていたわけではないですが。あ、詳細は秘密なんで追求は禁止です。ただ、そこで学んでた人を総称してニホンジンと言います」

よし、こんな感じの設定で行こう。テツヤよ、よく分からんみたいな顔をするな。バレる。

「ふむ、同じ師がいると。テツヤ殿は人間に化けてまでそこで学んだのだな。しかし、やはりハルキ殿は貴族院に行かずにそんな所で修行していたか。貴公の類い稀なる知力には理由があったのだな」

ジギルよ、そろそろ矛盾点が出てきそうだから話を終わらせてはどうかな。

「まあ、こいつはお医者様だしな。頭は良いだろ」

「オイシャ様？」

「しょ、称号みたいなもんですよ」

ええい、それ以上口を開くでない！

「ふむ、それであの乱闘の原因はなんだったんだ？」

あ、それをキイチャイマスカ。


その後、乱闘の原因がテツヤの嫉妬だと分かったジギルから二人して一時間にも及ぶ説教をされ、疲れ果てたところにフィリップのレイクサイド召喚騎士団第一部隊に再捕獲され、皆と共にレイクサイド領へと強制送還された。クロス＝ヴァレンタイン宰相へはジギルの方から話を通してくれるらしい。直接怒られなくて良かった。

そして次の日の朝、起きて部屋を出て最初に聞いた言葉がこうだった。

「おはよう。あ、あのよ、ハルキ。もし良かったらなんだけど、お、お前のところの騎士団で独身の女性を集めて、その、ご、合コンとかって開いてくれないかな？」

「いや、何でテツヤがここにいるの？」

＊＊＊

「リア充爆発しろやぁぁぁ!!」

レイクサイド領主館の庭に特大の爆発音が響く。

「てめえ、うちの領地でそれ使ってんじゃねえ！　シルフィードかフラットでやりやがれ！」

次期領主の召喚により鉄の人形たちが魔王の体中の関節を極める。しかも口の中に妖精が押し込まれ、詠唱を防ぐおまけつきで。

「もがごがぐごが！」

鉄の人形をどうにかしようにも関節技が綺麗に極まっているためにいくら力が強くてもふりほどけない。ふりほどけないから、刀も当たらない。なんでも斬れるスキルも意味がなくなる。

「もげらばぐぞばば」

ヨダレまみれの妖精は口の中で奮闘中だ。背中に歯型が付いてしまっている。

「頭ぁ冷やしてこい!!」

最後は紅竜の尾が鉄人形ごと、近くのため池に向けて吹き飛ばす。その衝撃で口の中の歯型のついた妖精が飛び出されるが、もはや詠唱は間に合わない。

「何故だ！　ちくしょおぉぉ!!」

どっぼ～んという音と水柱が立って、平和が取り戻される。

テトです。来年成人の儀を受ける十五歳ですが、栄えあるレイクサイド召喚騎士団の第四部隊隊長を務めさせてもらってます。二つ名は「紅《くれない》を継ぐもの」。ハルキ＝レイクサイド様の二つ名である「紅竜」の由来であるにレッドドラゴンの召喚が可能だったためこう呼んでいただいてます。ただ、最近はこの二つ名が重たすぎて、非常に僕を苦しめているのも事実です。

「なにやら賑《にぎ》やかだな」

この方は「鉄巨人」の二つ名を持つフィリップ＝オーケストラ筆頭召喚士。僕たちを束ねているすごい人です。この方もレッドドラゴンの召喚が可能ですが、僕の方が早く契約できたんです。

「テツヤ様、昨日合コンだったッス。綺麗どころ用意したんで俺も参加したかったッスけど、オーケストラ家から止められたッス」

この人はヘテロ＝オーケストラ。第五部隊隊長で「フェンリルの冷騎士」と呼ばれる人だ。彼が任務に失敗したのは見たことない。

「相手が第一部隊のミアと第四部隊のレイラだったでしょう。確かに美人ですが、その選択肢はテツヤ様には可哀想でしたね」

この人はウォルターさん。第二部隊隊長で「闇《やみ》を纏《まと》う者《もの》」の二つ名を持つ諜報暗殺部隊のリーダーであり、作戦参謀も務める人です。

「え？　なんでッスか？　テツヤ様の好みは完全に把握した上での人選ッスよ」

「いや、彼女らが召喚騎士団に入隊した理由覚えてるか？」

「あっ……ッス」

「テツヤ様、昨日は夜遅くまで彼女らにいかにハルキ様が偉大で恰好いいかという事に関して聞かされ続けて寝不足らしい」

うわぁ、可哀想ぉ。


「それにしてもハルキ様すごいね」

「何がッスか？　ハルキ様はもとからすごいスけど、レッドドラゴンならテトも召喚できるッス」

いや、だからなんだけど。

「じゃあ、ヘテロはレッドドラゴン召喚できたら、テツヤ様を圧倒できる？　しかもあれだけの消費魔力で」

「「!?」」

召喚のタイミングと効果が絶妙すぎる。位置取りも完璧だ。ゴーレム空爆の時もハルキ様は全弾一撃で船を沈めてた。中には鯨型の超大型魔物まで超高度からの飛び込み型ゴーレム空爆で一撃だから凄すぎる。

「レッドドラゴン以下だとダメージが通らないからああしてるけど、下手したらアイアンドロイドとノームだけで魔王を制圧できてたかもしれないいんだよね」

「いやはや、これは筆頭召喚士を降りるのが大分早めになりそうだ」

「俺マジでショックックス」

フィリップ様、なんでそうなるのか分かんないんだけど。いまはハルキ様の話をしてたんだよ。ちゃんと聞いてた？

「ハルキ様の召喚を参考にして頑張ってるけど、あの領域は遠くて自信なくしちゃうよ」

なんか、悔しいな。

「こ、これは、我らもフラン様のように常に未熟であることを自覚しないといけないですね」

ウォルター、フラン様じゃなくてハルキ様の話だってば。

「フィリップ、農地の開拓計画がいまいちだ。何でもかんでも開拓すればよいと言うものではない。最近の他領地の食糧状況に目を通したか？　このままでは食糧過多で値段が下がるばかりで費用の分を考えれば赤字だ。ヴァレンタイン全土の餓死者はすでに昨年からいなくなっているんだぞ。ノームが余ってるなら農地の開拓ではなく他の生産作業へ回せ。それにここの森林は絶対そのまま残せ、森は水を蓄える。ここを開墾してしまうと治水事業の見直しが必要になるぞ。行政担当ともよく話し合え」

「ウォルター、待望の人員増加をしてやろう。騎士団から数名と新規に冒険者から好きなだけ募集しろ。その代わり管理できる範囲を徹底しろ。あ、その前に、クロス宰相の諜報部隊がうるさい。ばれなきゃ生死は問わんからどうにかしろ」

「フィリップ、部隊の強化を計画したぞ。四人一組で魔物狩りに行って来い。もちろん素材の回収も忘れるな。収穫祭までの食糧の調達もかねてあるから輸送隊も組織しろ。ジンビー＝エル＝ライトには話がつけてある。というか、脅しといた」

「ウォルター、魔道具開発だが魔人の魔力感知に引っかからないようにする魔道具の開発を急がせろ。こっちの情報ばかり洩れている現状をどうにかしないと勝てるものも勝てん」

「す、すさまじいッスね」

明らかにフィリップ様とウォルターがオーバーワークだよ。最初にノーム召喚で農地作業している時もこんな感じだったけど、スイッチ入ったハルキ様には誰もついて行けない……。

「テト！」

「ひゃい！」

やばい、変な声出ちゃった。

「お前の部隊の演習を見たが、まだ魔力に頼りすぎだ。レッドドラゴンが強制送還された状況を想定して訓練し直せ。あと、収穫祭までにコキュートスとの契約を終わらせておけよ。あれの肉はセーラの好物だ。必ず回収しろ」

コキュートスってことは怪鳥ロックの素材？　Sランク依頼だけど、収穫祭まであと二週間しかないよ。ロックリザードも狩らなきゃ。

「わ、わっかりました」

「第四部隊連れて行くならレッドドラゴンなしで狩るんだな。嫌なら一人で行ってこい」

ひえぇ、無茶振りだぁ！


「これは……まだ他領地に逃避されておられた方が我々としては良かったかもしれん」

「でも、ここまで私たちの計画に不備があったとは思いませんでした。さすがハルキ様はお考えが違う。レイクサイド領の事を思うと、この一か月は皆でかなりの仕事をこなされましたから」

「マジでしんどいッス。エル＝ライト領の魔物半端ないス」

「僕も結局、コキュートスの契約の時にレッドドラゴン召喚したうえで皆で戦ってやっとだったし……」

はあ、とため息が重なる。ハルキ様絶好調だよ。スイッチ入りまくりで誰も敵わない。

「あ、みなさんこちらにいましたか」

あ、ヒルダ。

「ハルキ様が演習をなさるから四人とも集合だそうですよ。今なら一対四でも負ける気がしないっておっしゃってました」

「ちょっと僕、用事を思い出した!!」

第十八章

頑張ってると、他の事が目に入らなくなるって事もあるよね？

「レイクサイド騎士団、レイクサイド召喚騎士団、両方合わせて約七百名です」

「前回フラット領、エル＝ライト領に集まった他領地の兵は全部合わせて約八千名でした」

「対するエレメント軍は総軍九万と言われています」

「ヴァレンタイン方面軍は前回は五十隻一万の軍勢でした」

「現在建造中のエレメント本国の軍船は二百隻、現在保有している船と合わせて全てで四万程度の軍が輸送されると推察されます」

「前回のヴァレンタイン方面軍は壊滅させられたと考えられているようです。数か月かかってエレメント帝国まで船団の残骸が漂着しました」

「エレメント海軍の特殊部隊の存在を確認しました。これまで北部で戦っていた精鋭中の精鋭です」

「エレメント北部軍にいた怪鳥フェザー対空部隊の存在を確認しました。ワイバーンよりも小回りが利き、飛行時間もかなりのものがあります」

レイクサイド領とヒノモト国の諜報部隊による情報をまとめてみる。これはかなり厳しいかもしれない。


俺はハルキ＝レイクサイド、レイクサイド領次期領主にして「紅竜」の二つ名を有する召喚士だ。収穫祭が終わったレイクサイド領で騎士団の育成に勤しむ優良次期領主である。

本来、この時期は趣味の逃避行を楽しんでいるはずなのだが、仕事をしているのには理由がある。それは国の存亡がかかっているというかなり単純な理由だ。昨年攻めてきたエレメントとかいう魔人族の軍隊を完膚なきまでに全滅させてあげたら、向こうが本気になったらしい。まあ、ヒノモト国の諜報部隊の話を聞いていると、本格的な帝国主義の国らしく、徐々に版図を拡大しないと国が維持できない不良物件だという事が分かっている。放っておいてもいつかはうちの国に来たはずだ。

しかし、ここで問題がいくつか現れてきた。まずは単純に国力が違うために軍事力で負けているという事。次に、うちの国「ヴァレンタイン王国」は封建国家のため、領地ごとに統治が分かれていて指揮系統が異なり、要するに一枚岩ではないという事だ。半年ほど前から、クロス＝ヴァレンタイン宰相の直属諜報部隊がレイクサイド領に現れるようになり、排除しているがいくらでも湧いてくる始末だ。こんな事をする暇があるくらいならば軍事力の拡大に力を尽くせと言いたくなる。

そんなだから、ヒノモト国魔王であるテツヤ＝ヒノモトはヴァレンタインでなくレイクサイド領に情報を流してくるようになった。自分が素気なくしておいて、こっちと仲良くなったから嫉妬するとはクロっさんも器の小さい男である。

「シルフィード騎士団は防衛戦でこそ力を発揮すると思う。我々レイクサイド召喚騎士団が遊撃隊となり、敵を攪乱《かくらん》させよう。フラット領はこの前ジギル殿が完璧な要塞を作ったから、ジルベスタ＝フラット程度でも初撃はなんとか持ちこたえるだろう。前回まではフラット領への侵攻だった。俺がエレメントであれば今度はエル＝ライト領への侵攻をする」

「貴公、たまに真面目になったと思ったら、言う事がかなり辛辣《しんらつ》だな。口調まで変わっているぞ」

現在、シルフィード領主館でジギル＝シルフィード、ルイス＝スカイウォーカー、ハルキ＝レイクサイドの三領主およびその側近で密談中である。うちから出席しているのはセーラ、フィリップ、フランだ。

「今までやれる事もやらずに生きてきた連中に合わせてなんぞいられない。いくら世間でクロス＝ヴァレンタインの評価が高いと言っても所詮旧世代の遺物だ。正直な話、王国を救ってやるんだから邪魔しないで欲しい」

「ハルキ殿、我らスカイウォーカー騎士団は貴公らとどうしても比べると戦力が落ちる。レイクサイド領からの食糧輸送によって我らも潤うようになったが、それでもまだ騎士団の拡充を十分にできているわけではない」

「ルイス殿、スカイウォーカーには食糧売買で培《つちか》った輸送のノウハウがある。以前、町を訪れた際に見せてもらったが、あれはなかなかの物だ。特にあの輸送に使う荷馬車の分類が素晴らしい。我が領地でもすぐに真似をしようと思ったが、まだ全土には配備できていないな。俺は後方支援にスカイウォーカー領は欠かせないと考えている。それにそちらの重装歩兵部隊の防御力はあなどれん」

実際、うちのレイクサイド領とスカイウォーカー領は相性が良い。使いようによってはかなりの力を発揮できるはずだ。

「総指揮はもちろんジギル殿だ。俺は遊撃隊を率いる必要がある」

「貴公がそこまで焦っているのを始めて見た」

そうだ。俺は焦っている。明らかにハルキ＝レイクサイドは奥に引っ込んで、川岸春樹が前面に出てきている。だが、焦っているからと言って冷静でないわけではない。必要な事は全て準備しておくのだ。

「情報を見たら焦りもする。なにせエレメントは総軍九万、そのうちこちらに向かってくるのが四万だそうだ」

「四万⁉」

「そ、それは……」

「だが、やってやれない事はないとも思っている。前回我がレイクサイド召喚騎士団五十騎で壊滅させせた数は五十隻一万だ。ただ、今回も奇襲空爆を行うとしても一万程度しか沈められん。レイクサイド召喚騎士団が完全に無力化した状態で三万の軍勢が上陸したらそれこそ国が亡ぶ。それに、対空部隊の存在も確認している。ヴァレンタイン方面軍として準備されている軍勢が情報通り四万だとしたら従来通り海岸線沿いで迎え撃つのが定石《じょうせき》だが、それでは数で押し切られてしまうだろうな」

陣形を確立させながら、防御の補助魔法を張り、破壊魔法を斉射《せいしゃ》する従来の戦いの方法ではどうしても数による優劣を覆すことができなくなる。

「考えている策はこうだ。アイシクルランスを始めとするシルフィード騎士団とレイクサイド騎士団、スカイウォーカー騎士団の一部を主力とした本隊と、レイクサイド召喚騎士団で構成した遊撃隊、それにスカイウォーカー騎士団で編成した支援部隊。これで一軍を形成し、独立遊撃隊とする。すべて職業軍人で構成し、一般兵士の入る余地はない。申し訳ないが損害が出ることを覚悟してくれ。その約三千の軍で上陸した四万のエレメント軍を叩く。ただ、正面から衝突してもやられてしまうだろう。全て騎馬編成とし、神出鬼没の部隊として数回攻撃を加える。エル＝ライト領の地形と下準備は収穫祭前に騎士団の一部を魔物を狩りに行くと偽り派遣したから終わっている。同時にヒノモト国に敵の補給船を叩いてもらう。全軍で四万となると補給が生命線になるのでな。やらねばならん事はクロス＝ヴァレンタインの石頭の説得だ」

「国の存亡がかかっている。このジギル＝シルフィードがクロス宰相をなんとしてでも説得しよう」

「上陸阻止作戦で損害を出すわけにはいかない。レイクサイド召喚騎士団は安全圏を確保してから召喚による攻撃を加えるつもりだが、シルフィード騎士団はあまり前に出ないでくれ。一般兵士を犠牲にするしかない。せいぜい、上陸の邪魔をして時間稼ぎするのが関の山だろうがな。やつらとしても確実に四万が集結して戦うのは上陸の時だ。地の利があっても分が悪い。上陸後ならば四万は前後に間延びする。下手をすれば何隊かに分かれるやもしれん。エル＝ライトからヴァレンタインまでは山岳地帯だ。ここでの戦闘を想定して準備を行う」

できる事はやっておこう。できる事は。

そして新年が改まり、テトの成人の儀の最中《さなか》にエル＝ライト沖に向けて約三百隻のエレメント軍が出発したという知らせがヒノモト国より届いた。人類にとって最悪の年が開始されてしまったのだ。

＊＊＊

第五部隊の偵察が帰ってくる。ヒノモト国から得た情報によると、総勢四万の軍勢が三百を超す船に乗ってこちらへと向かっているらしい。やはり前回の失敗を考慮したのか、フラット領ではなくエル＝ライト領への進路を取っている。

「情報通り、三百を超える大船団です。一つ一つの船に十分な人数が乗っているのが確認できました。少なくとも四万という数は間違いなさそうです」

震えながら報告するのは第五部隊の召喚士だ。ありえない大軍を前にして自信を喪失しているのだろう。詳しい部分もヒノモト国からの情報と同じかどうかを検証する。どうやら間違いはなさそうだ。テツヤの国がこちらに悪い事をするとは思えない。

「ご苦労だった。引き続き仕事が待っている。第五部隊に合流して待機していろ」

船団が海岸線に到着するのは明日だろう。そのころには一般兵にすら圧倒的な戦力差が分かるほどの船が海を埋め尽くすに違いない。

「他の領地の連中には悪いが、犠牲になってもらう。奴らに俺たちの代わりはできないからな」

翌朝、エレメント魔人国第二混成魔人部隊、通称「ニルヴァーナ軍」の大船団が視認できるほどになった。海岸から見える海が数百の船で埋め尽くされる。

「こ、こんなのに勝てるのか?」

誰かが震える声で言ったけど、士気にかかわるから勘弁してほしい。しかし、どうしようもないのだろう。こういった不安をなんとかしてやるのも指揮者の仕事である。

「戦闘が開始されるまで待機だ。敵が上陸を始めてから攻撃を開始する」

補給船に逃げられてはたまったものではない。逃がす気などさらさらないが。

「迎え撃てぇぇ!!」

本営のジンビー＝エル＝ライトの号令と共に迎撃が開始された。三百を超える敵の大船団が次々と上陸を試みてくる。一つ一つの船に百人以上乗れる頑丈な設計になっているためにちょっとやそっとの攻撃では沈没する気配すら見せない。それでも海岸線を防衛している五千ほどの味方からの破壊魔法で最前線の船が次第に沈んでいく。しかし敵の圧倒的物量には勝てないだろう。そのうち上陸を許してしまいそうな勢いだった。

「そろそろ行くぞ、用意しろ」

この攻撃で戦いの何割かが決まると言っても過言ではない。できるだけの損害を与えることが今後の戦いに影響してくるのだ。

「ゴーレム空爆の部隊は俺に続け。他は海岸線の死守だ」

召喚騎士団の全てがワイバーンに乗り込む。魔力の少ない召喚士は、鞍の後ろに破壊魔法を担当する騎士団員を乗せる事になっている。優秀な召喚士は全て空爆の担当だ。


「行くぞ」

自分でもびっくりするほど冷たい声で飛びたつ。俺は一人レッドドラゴンに乗って海岸へと近づいた。後ろに付き従うのは二十頭のワイバーンである。それぞれ鞍の後ろにクレイゴーレムを召喚できる召喚士が乗っている。

「来たぞ！　レイクサイド召喚騎士団だ！」

友軍が騒《ざわ》めき立つ。レッドドラゴンを目撃する事で士気が上がっているようだ。

「紅竜ハルキ＝レイクサイド様だ！」

海岸線の防衛軍は苦戦していたようである。地上に近づいてファイアブレスで一隻の敵船を焼き払う。スピードは落としていない。

「「うおおぉぉぉぉ!!」」

敵の破壊魔法をかいくぐり高度を上げる。後ろを振り向くと燃え上がった船は瞬時に沈没したようだ。防衛軍が盛り上がっているのが分かる。他の召喚士たちが防衛軍に加わった事によって更に勢いづく。ワイバーンの鞍の後ろに乗ったシルキットのフレイムレインがまた一つの船を焼き払った。

ワイバーンの編隊に戻ると船団の奥に旗艦と思われるひときわ大きな船が見えた。

「フィリップ、俺はあの船を落とす。お前は他を引き連れてさらに奥に見える補給船団を狙え」

さらに高度を上げてゴーレムの召喚の準備をした。先行したフィリップたちが補給船めがけてゴーレムを投下していく。当たれば一撃で沈没させる事のできるゴーレム空爆であるが、当たらなかったり当たり所が悪ければ二発目が必要となる。できる限り正確に落とす必要があるのだ。

「出でよ、クレイゴーレム」

狙いを定めてクレイゴーレムを召喚する。この高度からこの質量が落下すればいくらあの旗艦がでかくてもひとたまりもないはずだ。狙いには……自信がある。

落下していく大質量のゴーレム。先に投下を始めたフィリップたちに狙われた船が次々と沈んでいくのが見える。ほぼ、なす術なく撃沈されていく補給船たち。敵の旗艦も同じ運命をたどるはずであった。しかし、旗艦にいた魔人族が落下中のゴーレムめがけて槍を投擲する。貫かれると同時にクレイゴーレムが強制送還された。あの質量を一撃で葬りされる身体能力を持った魔人族がいる。

「ここで、殺しておくべきか……」

レッドドラゴンが高度を下げる。旗艦がはっきりと見えてきた。槍を投擲した魔人族は船首でこちらを睨んでいる。あれは将軍のニルヴァーナであろうか。しかし周囲の魔人族の反応からしてニルヴァーナは他にいそうである。であるならば第一部隊を率いる「魔槍」ジン、テツヤが最も警戒していた武将の可能性があるな。

「どちらにせよ、船ごと沈んでもらおう」

レッドドラゴンが旗艦に近づく。ファイアブレスを試みるが、周囲の魔人族を組織して集団で氷の破壊魔法を撃ってきたために相殺《そうさい》されてしまった。これ以上近づくと、さきほどのクレイゴーレムを強制送還した槍での攻撃がある。更には周囲の船からも破壊魔法が飛んできており、長居はできない状況であった。

こいつは生かしておいてはいけない相手だと分かる。あらゆる犠牲を払ってでも殺すべきではないだろうか。しかし、今ここにいる戦力は自分だけだった。自分もまた死ぬわけにはいかない存在である。

「ちっ、退《ひ》くか……」

向こう側ではフィリップの率いているワイバーン部隊がゴーレム空爆で多くの補給船を沈没させている。当初の目的は達した。できればこの船を落としておきたいところであるが、無駄に損害を受けるわけにも行かない。ここで退く事とした。高度を上げてフィリップたちと合流する。

「ハルキ様、当初の予定通りです。こちらに損害はありません」
「魔力が残っているものはいるか？」
「クレイゴーレムを召喚できない者はまだ残ってますが、他はいません」
「そうか、では防衛部隊と合流して撤退だ」

＊＊＊

「撤退だ！　急げ！」

　こちらは海岸防衛線。当初の予定通り、後方の補給船を叩くまでの時間稼ぎが終了し、全軍が撤退の方向へと向かっている。

「ジンビー＝エル＝ライト殿。殿《しんがり》は我らレイクサイド軍が務めます」

　アイアンゴーレムを二体召喚したハルキ＝レイクサイドが撤退部隊に指示を出していく。

「おお、ハルキ＝レイクサイド殿か。任せてもよかろうか」

　レイクサイド召喚騎士団のアイアンゴーレム数体の壁が撤退する軍に安心感をもたらす事は確実だった。

「ええ、エル＝ライト領に上陸される策を受け入れてくださったのですから、この程度の事はこちらが負いましょう」

「ふむ、策を聞いた当初は葛藤も多かったが、あの大軍勢を見た後ではそなたの言う通りだったと分かる。存分に暴れられるがよかろう」

「ありがとうございます。ですが、ここで暴れて損害を出すつもりもありません。あくまで撤退です」

薬で魔力を回復した部隊長たちの召喚したアイアンゴーレムが撤退の時を稼ぐ。繰り出される破壊魔法に耐え、道を譲る気のないアイアンゴーレムにエレメント魔人国軍の追撃部隊は攻めあぐねているようだった。その間にも迅速に撤退が進んでいく。もともと、撤退を計算に入れた布陣だったのだ。

「約八割が戦闘領域から撤退できたようです」

召喚騎士団第五部隊の報告を聞きながらも、思ったよりも強い破壊魔法に気を抜けずにいた。つい先ほど、ヒルダの召喚したアイアンゴーレムが強制送還された所である。じりじりと後退する事で攻撃される面積を減らし、アイアンゴーレムの隙間から騎士団による反撃を行う事で敵部隊の集中的な攻撃を防いではいるものの、負担は大きい。

「我らも撤退の準備をしろ」

撤退時には召喚獣を置き去りにしてフェンリルかワイバーンで離脱する予定である。数名はすでにゴーレム空爆のために上空に飛び立っていた。

「我は「魔槍」ジンなり!!」

テトの召喚していたアイアンゴーレムが強制送還される。見れば先程旗艦にいた魔人族であった。やはり、第一部隊「魔槍」ジンである。

「爺、任せた」

「かしこまりました」

「死ぬなよ」

「御冗談を」

宝剣ペンドラゴンを抜いた「鬼」のフラン＝オーケストラが向かう。フランであればあの魔人族にも後れを取る事はないと思った。しかし、ジンは予想をはるかに超えていた。次々とアイアンゴーレムや周囲に召喚された黒騎士などの召喚獣がジンの槍によって強制送還されていく。このままでは騎士団や召喚士にも犠牲が出るのは間違いなかった。そして、それを防ごうとフランが斬りかかる。人類最強と言われた男の剣をジンは危なげもなく槍で受けた。

「雑魚は引っ込んでろ!!」

「雑魚かどうかは試してみるとよろしいでしょう」

すぐさま見えないほどの槍捌《やりさば》きが繰り出される。なんとかそれを避けるフラン。宝剣ペンドラゴンと言えども、槍の間合いは深い。徐々に押されていく。意外な顔をし、そして笑うジン。

「なかなかやるなっ!!　だが、そろそろだ!!」

フランの鎧に槍が刺さる。しかし、体に到達するまでに身を捻って回避したようだ。反

撃として槍を切り落とそうとするフランであったが、それはジンに読まれていたらしい。

ジンはフランの剣を避けて少し距離を取る。

「名を聞こう！」

「私はしがないただの執事でございます。名乗るほどの者ではございませんな」

「そのような無粋な真似は主の名を貶めるぞ！」

「……私は『鬼』のフラン＝オーケストラ。我が主『紅竜』ハルキ＝レイクサイドに仕える執事でございます」

「覚えておく、安心して死ね!!」

ジンの槍に魔力が伝わっていく。その槍は全てを貫くと言われていた。防戦一方となるフラン。神速の槍がフランの急所を狙い放たれる。

「よく避けたっ！」

しかし心臓に刺さるのを避けたジンの「魔槍」はフランの右肩に深々と突き刺さっていた。利き腕に力が入らず、左の手で剣を握りしめるフラン。

「たとえ刺し違えてでも、ここは通さぬ……」

鬼気迫るフランの圧力に、ジンは笑いがこぼれるのを抑えられないようだ。


「爺っ！　伏せろっ！」

しかし、フランとジンの周囲にクレイゴーレムが落下すると同時にウインドドラゴンがフランを摑んで離脱する。周りに暴風を起こす事でジンは追撃する事ができなかったようだ。土埃《つちぼこり》の中、こちらを睨んでいる気がする。少なくとも追手は来なかった。

「申し訳ありません」

「死ぬなと言った。早く帰ってヒルダに回復魔法をかけてもらおう」

フランの右肩からはかなりの出血があるようだ。しかし、フランの善戦のおかげでレイクサイド軍は全員が撤退に成功した。現在エレメント魔人国軍と戦っているのは召喚獣のみである。人的損害なしで撤退に成功した事はでかい。だが、こちらの最高戦力の一人であるフランをもってしても討ち取れなかった第一部隊「魔槍」ジンには警戒が必要である。そして、その殺し方も考えねばならなかった。

「思ったよりもきついかもな」

予備の魔力ポーションの空き瓶を見つめながら、作戦に修正が必要な事を認識した。

＊＊＊

ニルヴァーナ軍の上陸作戦は形の上では成功し、布陣した大軍勢はエル＝ライト領の海岸線沿いを占領した。しかし、この上陸作戦で約八千もの魔人族が戦死し、補給船の多くが海に沈むこととなった。

これはハルキ＝レイクサイドが描いた作戦通りの結果であり、ニルヴァーナ軍はまだそのことに気付いていなかった。


「まただ！　ワイバーンが見えたぞ！　者ども起きろ！」

「対空魔法の準備を、それ以外の者は散開せよ」

「怪鳥フェザーはどうした⁉」

「くっ、これではどちらが攻めているのか分からんではないか！」


エル＝ライト上陸作戦から三日後。海岸に上陸したエレメント魔人国の陣地を執拗《しつよう》に空爆する日が続いている。反撃を食らわない超高度からの空爆では精度が落ちる。初日は補給物資が固めて置いてあったために投下目標もあったが、すぐに陣地のいたるところに分散されてしまった。その分迅速な行軍ができなくなったのではないかとも思うが、損害が減った事は間違いない。

敵も怪鳥フェザーによる対空部隊を備えていたが、これはウインドドラゴンでほぼ全て落とす事ができた。それによって後続の補給部隊との連絡も取れなくなっているのではないだろうか。さらにヒノモト国がその補給船団を襲う手はずになっている。

「空爆に全く反応しなくなってきた。奴らの対空魔法も洗練されてきていてすでにワイバーン三騎六名が命を落としている。対空部隊はほぼ全滅させることができたのが唯一の救いだな」

ここはヴァレンタイン軍独立遊撃部隊の隠し陣営。主力であるシルフィード軍およびレイクサイド軍、スカイウォーカー軍の指揮官が集まっている。

「物資の輸送を先送りしよう。どうせ、無視して本隊を突いてくるに違いない。思ったより対応が早かったな。さすがに帝国の将軍というのは優秀か」

ジギル＝シルフィードはあごひげを触りながらつぶやいた。彼に鬚《ひげ》が生えているのを見るのは初めてであるが、何でも似合ってしまうのがこの男である。

「次は精鋭のみで奇襲をかける。ウインドドラゴンの後ろにフィリップとテトとシルキットが乗れ。シルキットは補助防御で召喚士の防御を行うのと、近づいてくるやつを撃ち落とす係だ。奴らの本営のど真ん中にコキュートスとレッドドラゴン二体を召喚すればそれなりの損害は与えられるだろう」

ハルキ＝レイクサイドはこの数か月、人が変わったように激烈な案を出すようになっていた。

「しかし、第一部隊のジンには気をつけろ。前回レッドドラゴンを強制送還させたのも奴だったろう。あの強靭な身体能力でウインドドラゴンを狙われるとたまらん」

「分かっている。深入りするつもりはない。今回の奇襲はあくまでも時間稼ぎにすぎず、戦力の逐次投入をするつもりではないんでな。できればあいつを討ち取りたいが、今のところ決め手に欠けるな。ルイス殿、物資の輸送隊の指揮を任せられるか？　予定を繰り上げてこの地点まで輸送すれば本隊の撤退にも役立つ」

「分かりました。すぐにでも出発しましょう」

「助かる」

「ヒノモトより、追加の補給船団を捕捉し撃退したとの情報が入っています」

ちょうどウォルターが入ってきた。

「よし、これでさらに時間稼ぎに意味が出てくる」


ウインドドラゴンが最大戦速で飛行する。こうなると後ろに乗っている者の声が聞こえないどころか、振り返る事もきつい。エル＝ライトの海岸線が見え始めると、そこに集まった大軍勢がこちらの姿を見つけて俄かに動き出すのが分かった。クレイゴーレムの投下を警戒して散開しているのだろうが、こちらが思い通りに動くと思ったら大間違いだ。

心がささくれ立つのが分かる。明らかに余裕がない。戦争とはこういうものなのだろうか。不安と焦りを自覚しながらも自分に言い訳しつつ、人殺しをするしかない。でなければ自分と大切な人を失うこととなるのだ。

敵の陣地上空を飛び交う対空魔法をよけながら衝撃波で攪乱し、ちょうど真ん中あたりでレッドドラゴンを召喚した。フィリップもレッドドラゴンを、テトはコキュートスを召喚している。

「落ちろぉ！」

奴だ、第一部隊隊長「魔槍」ジン。魔人族とは思えないほどの跳躍力でウインドドラゴンを貫こうと槍を繰り出す。間一髪、シルキットの炎系爆発魔法の連弾がジンを撃退する。かなりの高度から落ちたが、あいつがこの程度で死ぬような奴じゃない事は分かっていた。反撃を警戒して高度を上げる。

「ジンがここにいるならば、他の場所は手薄だな」

眼下ではレッドドラゴン二匹とコキュートスが暴れまくっている。むしろジンがこちらに攻撃をしかけてくれたために、下の三体は苦戦せずに済んでいるようだ。しかし、敵の増援もかなりの数が来ていた。三人で魔力ポーションを飲み、クレイゴーレムの投下を始める。レッドドラゴンたちを討ち取ろうと本営付近に集まってきた魔人族の部隊に直撃し、クレーターが形成されていく。しかし、さすがの切り札三体もかなりのダメージを受け、フィリップ召喚のレッドドラゴンはそろそろ強制送還されそうだ。

「ここまでだな、補給部隊を少し叩いたら帰還するとしよう」

まだ三万弱の軍勢が残っていた。その後、補給と思われる物資を運ぶ部隊をウインドドラゴンで強襲し、物資の多くをシルキットの破壊魔法で焼き払ったが、全体から見れば微々たるものだろう。三体の召喚獣が完全に強制送還された頃に、俺たちはニルヴァーナ軍の陣地を後にした。


「できれば奴らにはエル＝ライトの町に入って欲しい」

「すでに私ではあの戦力差で勝てるイメージが浮かばぬ。貴公の策が頼りだ。だが、貴公の言う事は理解できんものが多い」

「ジンビー＝エル＝ライトもジギル殿のようであってくれれば良いのですが」

俺の戦術はこうだった。まずは補給を遮断する。これはテツヤとヒノモト国がやってくれると確約した。信頼できるだろう。その前提があってこその作戦であるが、エレメント軍をエル＝ライトの町に誘導するのだ。補給が全くできないエレメント軍はエル＝ライトの町に入って食料の補充をしようと企むが、すでにエル＝ライトの町にはエレメント軍を養うだけの食料は貯蔵されてない。エル＝ライトの町に入るために数日を要したエレメント軍は王都ヴァレンタインを攻めるだけの時間を失うというわけだ。

「ニルヴァーナ軍は三万弱という数だ。その人数が一旦エル＝ライトの町に入るだけでも何日かかることやら」

「ふむ、道理だな。しかし、ジンビー＝エル＝ライトが敵軍を町に入れる事を承諾するのか？」

「どちらでも構わない。エル＝ライトの町と共に死んでくれても時間稼ぎとなるだけなので。食糧がない事に気づいたエレメント軍の取れる選択肢は王都ヴァレンタイン直行だけ。毎日のゴーレム空爆で精神的に病み、食糧がなく空腹で、取るべき選択肢が一つしかない軍隊だ。後は何とでもなる」

「貴公が恐ろしいな」

「あとは嫌がらせだけで十分です。良い時期に落《お》とし処《どころ》を見つけて交渉するのは俺ではなくてクロっさんの役目でしょう」


しかしニルヴァーナは思った以上に名将だったようだ。

「ニルヴァーナ軍がエル＝ライトの町を無視してヴァレンタインへと向かった？」

想定外というほどでもないが、現在の戦力差をきちんと把握しているという事か。そしてまだ数では劣勢であるヴァレンタイン軍が王都に進軍される事で選択肢がなくなる。

「では、手はず通りにエル＝ライトとヴァレンタインの間の山岳地帯で襲撃を行うとしましょう」

現在王都ヴァレンタインにいる軍はエジンバラ領を含めて七千にも満たない。そのほとんどがエジンバラ騎士団を除けば老兵や負傷兵であり、つまりは弱兵だ。救援が間に合わなければ一撃で突破される恐れすらある。

「ジギル殿、我らは先行して奴らを叩きます。いまだに三万弱の軍勢が健在ですし、こちらの損害も馬鹿にはなりません。これからが正念場でしょう」

「うむ、貴公らが頼りだ」


だが、この少数のレイクサイド召喚騎士団だけでなんとかできるのだろうか。せいぜい五十騎で三万の軍隊をなんとかできるはずがない。

「これは、ピンチかもしれん」

特に王都に近づけば、一般兵の指揮権を寄越せだとかくだらない事を言ってくる輩がいそうである。宰相クロス＝ヴァレンタインの能力は実はあまり高くないのではないかと最近は疑っているのだ。他は言わずもがなである。

もし、俺の指揮権が完全に確保されているというのなら何とかできる気がする。戦いを長引かせれば長引かせるだけこちらに有利になるのだ。それはヒノモト国が補給線を完全に絶ってくれているのが根本にある。嫌がらせの方法ならばある。しかし、ジンビー＝エル＝ライトですら現実を見るまではこちらに協力的ではなかった。王都の連中が協力してくれるとは考えないほうがいい。つまりはここでなんとかしてある程度主導権を取っておかないと王都ヴァレンタインが落とされる可能性があり、そこで補給を済ませた魔人族によって国が亡ぶ。


「ニルヴァーナをなんとかせんといかんな」

「こっそり、後ろから殺すッスか？」

「あれだけ厳重な陣地だ。無理だろう」

不意打ちも悪くない。可能であればだが。ニルヴァーナの親衛隊は優秀である。そしてジンもいる。さらにはニルヴァーナ自身も強いに違いない。一転集中型の攻撃も考えたが、おそらくかなりの損害を出して失敗する。そんな状況にだけはしてはならない。

「分からん……けど、とりあえず空爆してきてくれ」

召喚騎士団総出で空爆は継続だ。これほど効果が高く損害の少ない攻撃も少ないだろう。

「分かりました！　行くぞ、ついて来い！」

フィリップが皆を引き連れて陣地を出ていく。ここはワイバーン以外では到達しづらい高所に設けられたレイクサイド召喚騎士団専用の陣地だ。大軍で攻められても山の上にあるために敵の到達前に逃げる事が可能である。残っているのはゴーレム空爆ができない騎士団とまだ未熟な召喚士、そして諜報活動をしている第二部隊のみである。

「ウォルター、敵が進軍する経路を割り出せ。確実に通る場所があるならば仕掛けるぞ」

「かしこまりました」

空爆から帰ってきた召喚騎士団には十分な休養を指示した。明日はきつくなる。

＊＊＊

ニルヴァーナ軍の編成は歩兵、騎兵、工作兵、補給部隊である。工作兵は数が少なく、工場兵器などの管理や修理を行うのだろうが、今回の戦いはほとんどが歩兵と騎兵で来ていた。そしてそれを支えるのが意外にも数の多い補給部隊である。補給部隊は荷車に食糧を積載しており、それを運び守る部隊である。

「この補給部隊をこれまで狙って空爆してきたわけだが……」

空爆から帰ってきた部隊長たちを交えての緊急会議を行う。ジギルたちの遊撃隊が合流し次第、攻撃する必要がある。

「明日は空爆はなしだ。明後日の攻撃予定として先回りする。ジギル殿たちにも戦場へ先回りしてもらう必要があると伝えておいた」

こんな時のための全軍騎兵部隊である。大きく迂回しても明後日の戦いには十分間に合う。

「今、ニルヴァーナ軍がいるのがこの地点。数日後には王都ヴァレンタインが見える平原に出てしまう。できればここで最終決戦を行いたいところであるが、その前に奴らを弱体化させておかなければ勝ち目はない」

ジンビー＝エル＝ライトの率いるエル＝ライト防衛軍は五千程度であり、こちらに向かっているはずだ。ニルヴァーナ軍の弱点は大軍であるが故の移動速度の遅さにある。

「我らとの遭遇地点はここ、ジギル殿にもここに向かってもらうことになっている。ここに急行し、仕掛けを行うぞ」

「仕掛けッスか？」

「そう」

それもかなり大掛かりな仕掛けだ。我々の得意とするところでもある。

「土木作業とも言うけどな」

＊＊＊

「貴公の事だから大丈夫とは思うが、不安でもある。ここは隘路《あいろ》とはいえ、それなりの幅があるぞ？」

翌日遅くにジギルが遊撃隊を率いて集合地点へとやってきた。

「まさかと思うが、地面がぬかるんでいる。その程度の作戦か？」

ジギルの言いたいのはぬかるんだ地面を通る際に隊列が間延びし、そこをついて襲撃するというものであろう。そんな損害ばかりが出そうな作戦など、とれるはずがない。

「すでに仕掛けは終わりました。我々はちょっとしんどいので先に休ませてもらいます」

すでに部隊長たちも含めてほとんどの召喚士が休憩に入っている。魔力が強い空爆要員ほど休憩に入っている者が多い。

「明日、奴らはここを通るだろう。ここしかない進路をとっていたのは確実だ」

「それなら、我らの勝利はほぼ確定です。しかし今日は宴には参加できそうにない」

「やけに疲れているな。大丈夫か？」

「ははは、なんとか」

実際、しんどいのはしんどいのである。それは作戦に従事した召喚士は全てそうだろう。これで魔力ポーションの貯蔵が尽きたかもしれない。だが、ここで使わなければ我らは負けてしまうだろう。

「魔力の足りなさそうなやつは早めに申告しろよ」

寝る前に陣営に声をかけておく。明日、いよいよ奴らが来るのだ。


ニルヴァーナ軍は夜明けとともに行動を開始した。二万の軍勢が移動すると、それだけで地面が揺れる。歩兵と補給兵の速度に合わせているためにゆっくりとした移動であるため日が出ているうちは目一杯移動するのだろう。

「先陣が隘路を通過開始しました」

幅が百メートル程度しかない隘路をニルヴァーナ軍が通過していく。ここで襲われる可能性を察したのだろう。警戒を怠らずに進んでいく。若干後方の森の中に隠れて待機している我々にはまだ気づいていないようだ。

「地面を水魔法で濡らしたのは仕掛けに気づかせないためです」

先陣が地面の変化に気づかなければ後続が気づくはずない。そして大軍が通ったあとの地面というのは草木が完全になくなっており、踏み固められた土だけが残るのだ。足元が濡れていれば速度も落ちるし、体力も使う。そして、地面の下に埋まっている物なんかに気づくはずがない。

ニルヴァーナ軍の半分ほどが隘路を通過した。これから後続の本陣と補給隊、殿《しんがり》の部隊が続いていく。そしてニルヴァーナのいる本陣が完全に通過したようだ。

「よし、ニルヴァーナが通過したな」

「貴公、ニルヴァーナを討つのではなかったのか？」

「違いますよ。ニルヴァーナはこの先の平原の最終決戦で討ち取ってください。ここは、もっと相手にとって重要なものを根こそぎやります」

今現在隘路を通過中なのはほとんどが補給部隊である。

「いまからあの補給部隊の荷車を落とします」

「落とす？　ここは一番低い部分だぞ？」

「ジギル殿ですらそう思っているので、成功するでしょう。合図とともに襲撃して下さい。できれば殿の部隊を壊滅させてもらえると嬉しいですが、深追いは禁物です。物資を焼き払えば離脱して結構ですので……」


「よし！　いまだ！」

待機していた召喚士たちが全員、何かを我慢していたのをやめたかのような表情をする。

その瞬間、荷車が通過していた地面に何個もの穴が開き、次々と荷車がその穴に落ちていく。五メートルを超す深さの落とし穴に落ちた荷車はもう引き上げる事はできない。その数は三十を超える。幅が百メートル程度しかない隘路に数メートルの半径の落とし穴が三十も出現したのだ。通過中の荷車はそのほとんどが穴に落ち、後続の荷車は進む事が出来なくなっていた。

「なっ⁉」

「驚いてないで攻撃をお願いします！」

「わ、分かってる！　行くぞ！」

ジギルが遊撃隊を率いて後方からニルヴァーナ軍を襲う。落とし穴で分断されて本隊からの援軍が来づらい状況の殿の部隊と交戦を始めた。ジンはいないようだ。さらには立ち往生していた補給部隊の荷車に襲い掛かるワイバーン部隊。そしてそのほとんどを焼き払ってしまう。落とし穴の中を焼くのも忘れない。

「ジギル殿！　深追いは禁物です！　離脱しましょう！」

「分かった！」

遊撃隊が離脱を始める。俺たちもフェンリルに乗って離脱だ。余裕がある召喚士がフェンリルを召喚して余裕のないものを後ろに乗せる。ワイバーンを召喚する魔力は残っていない者が多い。

「しかし、貴公らは何をしていたんだ？　これほどの仕掛けを貴公らでやっていたのは何となく分かるが」

「ああ、あれですね。地面の下にゴーレムを埋めてたんですよ」

「ゴーレムを？」

「五メートル超える巨体が送還されて空洞ができたらどうなります？」

「そうか！　それでか！」

召喚士の好きなタイミングで出現する落とし穴。それが前日から召喚し続けていたゴーレムによって可能となった。ただし、維持魔力をあり得ないほど使う。昨日から皆の元気がないのはそのためだ。ようやく魔力の放出から解放されて一息つく。部隊長クラスは二体ずつ召喚させられていたからしんどかったに違いない。


「僕、明日は休んでいいかな？」

「ダメッスよ、テト。明日もゴーレム空爆ッス」

「やっぱり……？」


これで敵の食料は一日も保《も》たないであろう。ヴァレンタイン近郊の平原までどんなに急いでも数日かかる。明日からも嫌がらせのゴーレム空爆は継続するし、ここまですれば勝てるのではないだろうか。あとは数の劣勢を補うためにエル＝ライトの防衛軍を急がせれば戦術的に抜かりはないはずだ。

＊＊＊

「正直、ここまで苦戦するとは思っていなかった。ハルキ＝レイクサイドか……。ぜひとも部下に欲しい人材だな」

ニルヴァーナ軍の陣営では落とし穴にはまって失った物資をどうするかという会議が続けられていた。しかし、ない物をひねり出す術を持っているわけではない。

「このままでは数日で食糧が尽きます。王都ヴァレンタインまでは無理でしょう」

すでにこの会議に参加するはずだった第四部隊と第五部隊の隊長は戦死していた。第四部隊の隊長は補給船とともに海に消え、第五部隊の隊長は赤色の竜に焼かれたらしい。

「ジギル＝シルフィードとハルキ＝レイクサイドの率いる遊撃隊をなんとかしない限り、食糧があっても我らの負けは確実でしょう」

「常勝将軍」ニルヴァーナ＝クリスタルの作戦会議で「負け」という単語が出たのは初めてである。憚《はばか》らずにそれを言う事ができたのもジンただ一人であった。

「このままでは負けるか」

「確実に」

三十年以上ともに戦って来た二人の間で思う事があるのだろう。しかし、現実的に目の前の問題を解決しなければ待つのは死のみである。

「こちらから遊撃隊を襲いましょう。奴らの移動手段は馬だ。二千を超える馬が手に入ればそれを食糧にしてしまえばいい」

翌日ニルヴァーナ軍がこちらへ合流しようとしていたエル＝ライト防衛軍へ向けて動き出した。足の遅い工作兵や補給隊を中心とした部隊が後方へ取り残される。独立遊撃部隊はそれを狙い襲い掛かる。しかし、間延びしたとおもわれた敵軍はこの独立遊撃部隊を待ち伏せるかのように、本隊への接近を阻止する動きを見せた。

「ちぃ!! まんまとおびき出されたか!?」

「ジギル殿！　ここの撃破にはどうしても時間がかかる！　このままでは本隊が壊滅してしまう！　一旦引こう！」

「それしかないか……。えぇい！　撤退だ。しかる後に本隊に合流するぞ！」

全軍騎馬と召喚獣で編成されている部隊の撤退は迅速だった。

「ニルヴァーナ！　思ったよりもやる！」

「ジギル殿！　これは少々まずいかもしれない！　敵の待ち伏せに警戒を！」

しかし撤退する独立遊撃部隊の前に現れたのはジン率いるニルヴァーナ軍第一部隊遊撃隊だった。テツヤ＝ヒノモトの軍が警戒していたエレメント帝国軍の最精鋭である。次々と味方が討ち取られていく。そして「魔槍」ジンが俺を見つけたのだろう。敵部隊の動きが明らかにこちらへ向いていた。しかし、問題はそれではなかった。

「あれ？」

＊＊＊

いやいや、待て待て。一旦落ち着こう。俺は何をしているんだ？　いや、落ち着け。

「迎え討てぇ！　アイシクルランス!!」

「今日こそ討ち取ってやる！」

「させぬわぁ!!」

アイシクルランスと敵の魔獣に乗った部隊が鉢合わせしたらしい。お義父さんの超特大の氷魔法が炸裂したりしている。いや、今はそれどころではない。一旦モチツケ。

この数か月、俺は俺でなかったと言うか俺は俺だったんだけど俺は俺でないから、俺なわけで。ええい、分からん。

整理しよう。俺はハルキ＝レイクサイド、レイクサイド次期領主だ。前世は川岸春樹であったが、この世界に転生してきた頃は川岸春樹の記憶に乗っ取られた形で領地改革を推し進めて……。

「ハルキ＝レイクサイド!!　ここでお前を討ち取れば、我らが勝利に……」

「うるさい！　ちょっと忙しいから黙ってろ！」

突っかかってきた魔人族をアイアンドロイド召喚で魔獣の足を絡めて転倒させる。たまらず魔獣から落馬した魔人族の胸をタイミングよくミスリルランスで一突きだ。フェンリル騎乗中だからかなりの力が槍に加わる。

さて、話を戻そう。俺はこの数ヶ月、焦りからかハルキ＝レイクサイドの人格を封印して川岸春樹の人格を前面に出していたらしい。平和な日本からきていた川岸春樹は気持ちが荒《すさ》み、ようは精神を病んでいたのだろう。その封印されていたハルキ＝レイクサイドの人格がさっきの衝撃で復活というか覚醒というか、したらしい。いや、ちょっと待ってね。

「ハルキ殿！　貴公！　よくやった！」

「ハルキ様ぁ!!」

「うおぉぉ！　やったッス！」

ちょっと、皆うるさい、今考え中。フィリップなんで泣いている。

「ジンは「紅竜」ハルキ＝レイクサイドが討ち取った！　エレメントよ！　死にたくなければ引っ込んでおれ！」

「やっぱりハルキ様はすごいよ‼」

だから、爺もテトもうるさい。

それで、今までやってた事を考えるに、ようはあんなの俺じゃないよ。俺にあんな酷い事をさせるなんて、エレメントの奴らは自業自得だ。俺は悪くない。俺は悪くない。

「ジン様の仇《かたき》ぃ！　せめて貴様だけでも打ち取り……なぁ⁉」

邪魔すんな、ちょっと黙ってろと言っただろうが。ノーム召喚でそいつらの視界を奪う。一人に一体のお得な召喚だ。一瞬の硬直にこそ価値がある。そして、数秒後にちょうど超高度に召喚しておいたクレイゴーレムが着弾して俺に襲い掛かろうとしていた残存部隊の多くを肉の塊に変えた。

数秒間敵も味方も言葉を止める。そして……。

「うおぉぉ！　瞬殺ッス‼」

「あぁーー!!　ハルキ様ぁぁ!!　恰好いいぃぃ!!」

「なんて奴だ!!　味方でも恐ろしい！」

「引けぇ！　引けぇ！　命を無駄にするなぁ！」

だぁかぁらぁ！　うっさい！　黙ってろぉ！　考え事してるの！


しかし、そんな中一つの疑問が俺の心を占める。

「あんなギスギスした態度なんて取ってたら、セーラさんに嫌われちゃったんじゃないか!?」

こうしちゃいられない！　一刻も早くセーラさんの許《もと》へ！　とりあえず一番速いのはあれだ！

「ウインドドラゴン!!」

フェンリル騎乗を止めてウインドドラゴンに代える。近くに魔人族の部隊がいたがそこにいる奴らが悪い。衝撃波でぶっ飛ばす。下手したら二千程度の部隊のほとんどが吹き飛ばされているが知ったこっちゃない。

「セーラさぁぁぁん!!　ウインドドラゴンよ！　全力で飛べ!!」

完全に足止めくらった魔人族の連中にアイシクルランスとレイクサイド騎士団が襲い掛かりもの凄い勢いで討ち取って行くが、今の俺はそれどころじゃない。

「ハルキ＝レイクサイドに続けぇぇ!!」

「今が好機だ！」

「レイクサイド!!　レイクサイド!!」

「ハルキ様！　ハルキ様！」


しかし、今日はいつもの奇襲と違ってセーラさんが一緒についてきている事に気づいて、すぐ引き返す事になってしまった。あんなに急いでウインドドラゴンで出ていったのに、めっちゃ恥ずかしいんですけど。


俺は死ぬのだろうか……。約三十年間、ニルヴァーナ将軍の下で戦ってきた。魔王様もニルヴァーナ将軍も俺を重宝してくれて、期待にも応えてきたつもりだった。

最後の相手はなんと人類だ。魔人族であり、精鋭を自負しているこの俺を討ち取る男が人類だなんておかしな事もあるもんだ。さすがはニルヴァーナ様がお認めになり、部下に欲しいと言った男だけある。

長年連れ添ってきた俺の側近たちも、俺の仇を討とうとして目の前で殺された。あんなに呆気《あっけ》なく死ぬなんて、分かっていたはずなのに、理解できていなかったのだな。意識が朦朧《もうろう》とする中、俺の鍛えに鍛えたはずの部隊があっと言う間に討ち取られていく。

出会い頭に指揮を執れるめぼしい武将を全て叩きつぶしておいて、あとは巨竜の衝撃で全軍に混乱を招き、とどめはゆっくりと軍を使って刈り取る。文句のつけようのない用兵だ。長年戦場に生きてきたが、これほど理にかなった作戦を見たことがない。

個の武勇でも、用兵でも、完全に俺の負けだ。意外と気分は悪くない。戦場に散るのは望んだ事だったじゃないか。惜しむらくは、この生涯最高の好敵手とニルヴァーナ様がこれからどのように戦い、どちらが勝つかを見られない事だ。

徐々に意識を保つのがつらくなってきた。貫かれた胸から大量の血が出ている。得意の槍で最期を迎えるなんて……光栄……だ……。

「え？　俺がジンを討ち取った？　いつ？」

「貴公……やはり異常だ。理解できん」

「そうですよ、ハルキ様。アウトオブ眼中な雑魚でも一応向こうの指揮官なんですから」

「いや、セーラさん。さらっと酷い事言わなかった？」

「実際、酷い事したのは貴公だ。武人に対して無礼にもほどがあるぞ」

「ん～。そんな事言ったって……」

独立遊撃部隊の士気は最高調となっているにもかかわらず、なぜか説教を受けながら行軍することになってしまった。まあ、セーラさんに嫌われてなかったからよしとしよう。

「うぉしっ！　明日からは空爆やめて大量のウンディーネで雨を降らせて行軍の邪魔だけをするぞ！　全員で嫌がらせだ！」

「貴公、性格悪いと言われないか？」

「!?」

＊＊＊

結論から言うと、ニルヴァーナ軍は崩壊した。王都ヴァレンタインへの進軍の際にレイクサイド召喚騎士団による妨害をさんざん受けた二万の軍勢は満身創痍《まんしんそうい》の状態でヴァレンタイン城が見える平原に布陣した。迎え撃つはヴァレンタイン領、エジンバラ領、フラット領を中心とする騎士団達、総勢約七千。

当初、数の力で押していたニルヴァーナ軍であったが、エル＝ライト領から駆けつけたジンビー＝エル＝ライトの率いる防衛軍とジギル＝シルフィードに率いられた遊撃隊に背後を突かれたため、一旦戦線が乱れると崩壊までは早かったという。将軍ニルヴァーナ＝クリスタルは最後の最後まで抵抗を続け、多くの兵を討ち取ったが最終的には「マジシャンオブアイス」ロラン＝ファブニールによって討ち取られた。

レッドドラゴン

RED DRAGON

死の代名詞とも称される深紅の巨竜。ゴーレムを遥かに上回る巨体のみならず爪や竜尾による攻撃も鋭く、ファイアブレスはあらゆるものを焼き払う。飛行能力も高く、戦闘においては比肩できる存在は極僅かしかいない。召喚には莫大な魔力を必要とするため、契約するためにはかなりの鍛錬を要する。

契約素材：極秘事項

エピローグ

「やだ。絶対行かない」

ここはレイクサイド領。領主館で子供のように駄々をこねているのはハルキ＝レイクサイド次期領主だ。

「フィリップぅ、後は任せた。イツモノヨウニ」

「ハルキ様、さすがに今回は欠席はまずいんじゃないッスか？　ハルキ様いなかったら、今頃エレメント魔人国ヴァレンタイン領ッスよ。せっかくレイクサイド領が誉《ほ》められるのに、ハルキ様いないんじゃ格好つかないッスよ」

彼は第五部隊隊長ヘテロ＝オーケストラ。ハルキ＝レイクサイドの側近であり、最も信頼されている武将の一人である。

「よし、じゃ、親父行ってこい。領地は任せろ。イツモノヨウニ」

「最近、領主としても父親としても存在する価値があるのか悩む事が多くなってきたわい」

アラン＝レイクサイドはハルキ＝レイクサイドの父親であり、レイクサイド領主である。

ここ数年は息子のハルキ＝レイクサイドの人気が凄すぎて、影のうっすい存在として生きている。

現在、王都ヴァレンタインでは戦勝祭が計画されている。エレメント魔人軍四万を打ち破り人類の大陸を守った騎士団たちを祝う祭らしい。

「オレ、ヴァレンタインキライ。絶対イカナイ」

「これは、諦めるしかないか」

ため息をついた筆頭召喚士フィリップ＝オーケストラの苦悩は続く。


「ふふふ、上手くいった」

「いきましたね、ハルキ様」

「たまには息抜きしなきゃね、セーラさん」

そして王都ヴァレンタイン。ハルキ＝レイクサイドとセーラ＝レイクサイドは祭の準備が進む中、何故か冒険者変装セットに身を包み、群衆に交じって宿屋に併設された酒場で酒盛り中である。

「えっと、ほんとによかったのかな？」

「うむ、ハルキ様がいてこそ、ハルキコールは生き甲斐を感じるものとなるというのに」

「いや、ソレイユ。そこじゃねえよ」

護衛という名目でウインドドラゴンに拉致られたカーラとソレイユ。四人以上の冒険者はあまり声をかけられないというハルキの勝手な思い込みに巻き込まれた人たちである。

「よいに決まっている。あんなに頑張ったんだから、好き勝手しても文句言わせない。ふはは」

「まあ、ハルキ様頑張ったもんねえ」

「さすがはハルキ様です」

「おおっと、声がでかいよ。しかし、さすがに王都ヴァレンタインに潜伏するとは誰も思わないだろうね。俺、戦勝パレード見てみたいなあ」

パレードは明後日らしい。開会式の直後に始まるみたいなので、この宿屋の客室はパレードを見るにはうってつけである。

「ハルキ様、開会式のチケット買ってきたよ。四人分」

「おお、でかした。高かっただろうに」

「まあ、そこそこしたけどお借りしたレイクサイド次期領主の財布の中身に比べたら微々たるもんだよ」

「あ、ハルキ様。クレイジーシープの香草焼き売ってますよ。頼んでいいですか?」

「いいよ、もちろん。食べよ食べよ」

「ハルキ様！　お酒おかわりしてもいい？」

「いいけど、カーラはあんまり飲み過ぎんなよ？」

楽しい夜が更《ふ》けていく。


次の日の開会式は王城前の広場で行われた。多くの衛兵が警備する中、チケットを渡して入場する。

「すごい人の多さだな」

すでに一万人は超えているだろうか。この国の人口を考えるとかなりのものである。

「なにせ、国が救われたんだからな。王都ヴァレンタイン周辺まで魔人族が攻め入ったのは初めての経験だろう」

ある程度、時間がたつと前方に設置された檀上にアレクセイ＝ヴァレンタインが現れた。拡声器型の魔道具を使い、演説する。

『ヴァレンタインの民《たみ》よ！　我が国は、魔人族の侵攻を打ち破った！』

『歴史上！　これほどの魔人族の侵攻はなかった！』

『実に十万もの魔人族がエル＝ライトの海岸に押し寄せたのだ！』

「あれ？　エレメント軍は四万だったたと思うんですが？」

「セーラさん、大げさに言った方が民衆は賛同してくれることが多いんだ。あまり褒められたやり方じゃないけどね」

『対する我々は、十倍もの魔人族に対して……』


アレクセイ=ヴァレンタインの演説は一時間にも及んだ。

「さすがに嘘ばかり聞かされるとしんどいな。それにヒノモト国に対する配慮が全くない」

「でも、皆楽しそうですよ」

「「ヴァレンタイン！　ヴァレンタイン！　ヴァレンタイン！」」

一万ものヴァレンタインコールに、少し酔いそうになるハルキ。

「ちょっと気持ち悪いかもしれない」

「先に宿に帰りましょうか。この後は戦勝パレードですから」

「そうだね。帰ろう」

「「ヴァレンタイン！　ヴァレンタイン！　ヴァレンタイン！」」


宿に帰ると、チケットを買えずに開会式に入場できなかった客が酒盛りをしていた。

「客室の窓からが一番良く見えるから、俺たちも中で食事しながら見るとしよう」

酒と食事を注文して客室に持ち込む。ここはパレードが開始して一番先に通ると予定されている大通りに面した宿だ。それなりに高額ではある。

昼間から二杯ほど酒を飲んだところでパレードの先頭がやってくる。音楽隊が町のいたるところに配置され、これから夕方のパレード終了まで演奏を続けるのだそうだ。

まずはシルフィード領だ。最も功績があった領地として一番にパレードを行うのだそうだ。

「あっ、お義父さんだよ」

「本当だ、パレードの先頭がお父さんなんですね」

「エレメント帝国のニルヴァーナ＝クリスタル将軍を討ち取った『マジシャンオブアイス』なんだもの。最大武功で表彰されたんじゃないかな？」

「お父さんすごいな〜」

ロラン＝ファブニールの後ろにはアイシクルランスを中心としたシルフィード騎士団が、そして中央の馬車にはジギル＝シルフィードが乗っている。

「おお、ジギル殿だ。そういえば、前にもパレードを見たことがあるな」

「それって、確かハルキ様がシルフィード領に潜伏してた時の事ですか？」

「そう、セーラさんに会う前日だよ」

次がエジンバラ領。ヴァレンタイン防衛を評価されての第二位の功績らしい。しかし、カーラとソレイユは不服を表明する。

「ハルキ様！　なんでレイクサイド領が一番じゃないんですか⁉」

「その通り、どう考えてもレイクサイド領でしょう」

「まあまあ、功績なんてあまり興味もないしいいじゃないか。好きにさせておけよ」


そしてヴァレンタイン領が続いた。先頭はクロス＝ヴァレンタイン宰相だ。

「クロっさん、やつれたなぁ」

「色々と心労が重なったのでしょうか」


しかし、その後はエル＝ライト領、フラット領、スカイウォーカー領と続いて小領地群の順番となってしまった。

「あれ？　レイクサイド領が来ないな」

「これはヴァレンタインの陰謀じゃないですか⁉　レイクサイド領がこれ以上功績をあげるとまずいから！」

カーラは飲みすぎである。

「あっ！　あれはレイクサイド領ですね！」

ソレイユの指の先には仏頂面をしたフィリップたちが率いるレイクサイド騎士団、召喚騎士団がいた。中央の馬車にはアラン＝レイクサイドだ。……馬車？

「ぶはははは!! あのエンターテイナー・フィリップが召喚を禁止されている！ ぶはははは!!」

「なんでですかー!? 召喚あってこそのレイクサイドでしょう!!」

「これは……！ 許せん！ だいたい一番の功績があったのはハルキ様率いるレイクサイド領であり、それを小領地群として扱うなどとは！」

「ハルキ様、あの屋台でグレートデビルブルの牛串売ってますけど、買ってきていいですか？」

パレードで召喚を禁止されたアラン＝レイクサイドはそれを了承。召喚獣を楽しみにしていたヴァレンタインの民からはブーイングを浴びる結果となってしまった。功績の件に関してはレイクサイド領のこれ以上の発展を警戒したクロス＝ヴァレンタインがある程度の抵抗を予想して難癖つけたところ、アラン＝レイクサイドが全面的に認めてしまい、ほとんどの功績はなかった事にされてしまったらしい。

記録を後から評価すると、ニルヴァーナ軍の侵攻に対して最も功績を上げたのはレイクサイド領である事は明白である。しかし当時はそれが全くと言っていいほどに評価されなかった。最大の功労者でありレイクサイド領の次期領主でもあるハルキ＝レイクサイドはこの事に関して抗議などは何もしなかったようである。しかし、それらを不服とした家臣たちは多く、これが今もなおレイクサイド領で語り継がれる「ヴァレンタインの屈辱」となってこの後の事件に結びついていくことになった。

我が祖先がこの事を伝聞した文書が残っている。その記述によると、『次期領主が王都ヴァレンタインにいなかった事が不幸中の幸いだと思う事にした家臣団であったが、大通りの宿の客室から指差して爆笑する次期領主を見つけて、半数がその場で己の無力と絶望を感じ、残りの半数がクロス＝ヴァレンタインに殺意を抱いた』という逸話もあり、「大召喚士」ハルキ＝レイクサイドの意外な一面と家臣団との強い結びつきが垣間見る事ができるものではないだろうか。

『新説　レイクサイド史』　タークエイシー＝ブックヤード著　より抜粋

あとがき

はじめまして、本田紬《ほんだつむぎ》といいます。

初めての作品、そして初めての書籍化。全ての事が目まぐるしく変わって行くのについて行くのが精いっぱいな状態で、なんとか『転生召喚士はメンタルが弱いんです。』を送り出すことができました。出版にあたって、力をお貸しいただけた多くの人には感謝しかありません。

もともと『転生召喚士はメンタルが弱いんです。』はＷＥＢサイト「小説家になろう」に投稿した小説です。じつはこういった「ライトノベル」とか「なろう系小説」と呼ばれているジャンルとはずっと無縁の生活をしていました。読書は好きでしたが、作品を書いた事などなく、仕事の合間に趣味として映画を見たりゲームをしたりといった時間の方が多い人生を歩んできたのです。それが、少しずつ読書に時間をかけるようになりました。そのうち、書店さんで目ぼしい作品を読み終えて、電子書籍に手を出し、結構なスピードで読めるようになったころに「小説家になろう」出身の作品に出会いました。その頃には一日に文庫本五冊が最高記録になっていた私に、インターネット環境であればいつでも無料で読める作品というのは魅力的に見えたものです。しかし、さすがにプロの編集者の手が全く入っていない世界の作品は、読みづらいものや矛盾点の多いものも多く、当初はどうかとも思いました。でも、そんな中でもキラリと光る作品はあるものです。そして、母数が大きな「小説家になろう」では、面白い作品が数多くあり、皆に認められることでその多くの作品が書籍化されている時期でした。

そんな「小説家になろう」の作品を読み漁ること約三か月。一作品をだいたい数日で一気読みするために累計ランキングの上位はほとんど読みつくし、他にも何作も読んでいた時期でした。ちょうど、仕事で夏休みが頂けたのです。しかも、妻と子供たちは実家に帰省が決まっていました。家で一人、好きな事ができる状態になって魔が差したのでしょう。

「何か書いてみようかな」と。

三日で二十話ほど書いてみて、意外と集中して書く事ができました。それまでに他の作品で「ここをこうした方がいいのに」とか「これはない」、「こっちがいい」と思いながら小説を読んでいた事もあったので、そういった不満が出ないような作品、そしてあえて「テンプレ」と呼ばれるお約束の物語にしようと思ったのです。そのすでに使い回された目新しさのない設定であれば、純粋に話の面白さだけで勝負ができるのではないかという傲慢な考えがあったのも確かです。でも、今から考えると勝負しようなどとは全く思えてなかったのでしょう。やる事がなかったから、なんとなく書いた。そして記念に投稿した。それだけでした。

それがいつの間にか毎日のように小説を書く生活となってしまい、書籍化の話までいただく事ができました。とはいえ残念ながら、主人公のハルキ＝レイクサイドと一緒で、作者の私もメンタルが弱いのです。一度、感想に心無い事を書かれたのを引きずり、もう止めてしまおうかと思った事もあります。しかし、編集の河邊様と藤田様、そのほか製作に携わってくれたスタッフの皆さまのおかげでここまで来ることができ、白梅ナズナ先生を紹介していただいて素敵なイラストをつけてもらいました。そしてなによりＷＥＢサイト「小説家になろう」で私の作品を読んで応援してくれた読者の皆様がいたからこそ、ここまで来られたと思っています。この場をお借りして感謝申し上げます。本当にありがとうございました。

最後になりますが、「小説家になろう」から私を応援し続けてくれている方々には「お前、なんで真面目にあとがき書いてんだよ？　いつもの感じはどうした？」とお怒りになられる方もいるかもしれません。しかし、一巻でＷＥＢのいつもやってるあのノリは無理です。私は人見知りなのです。今後の展開は皆さまの応援にかかってますので、保存用と布教用にあと二冊ほど買っていただけると、次の巻からいつもの「本田紬」が見れるかもしれな……ゲフンゲフン。

平成29年2月　本田　紬

転《てん》生《せい》召《しょう》喚《かん》士《し》はメンタルが弱《よわ》いんです。

2017年2月28日　第1刷発行

著者　本《ほん》田《だ》 紬《つむぎ》

イラスト　白《しら》梅《うめ》ナズナ

本書の内容は、小説投稿サイト「小説家になろう」(http://syosetu.com/)に掲載された同名作品を加筆修正して再構成したものです。

発行人　石原正康

発行元　株式会社 幻冬舎コミックス
〒151-0051　東京都渋谷区千駄ヶ谷4-9-7
電話 03(5411)6431(編集)

発売元　株式会社 幻冬舎
〒151-0051　東京都渋谷区千駄ヶ谷4-9-7
電話 03(5411)6222(営業)
振替　00120-8-767643

デザイン　遠藤久美子

本文フォーマットデザイン　山田知子(chicols)

製版　株式会社二葉企画

印刷・製本所　大日本印刷株式会社

ISBN978-4-344-83927-4 C0093 Printed in Japan
幻冬舎コミックスホームページ http://www.gentosha-comics.net